大展好書　好書大展
品嘗好書　冠群可期

假面恐怖王

江戶川亂步

品冠文化出版社

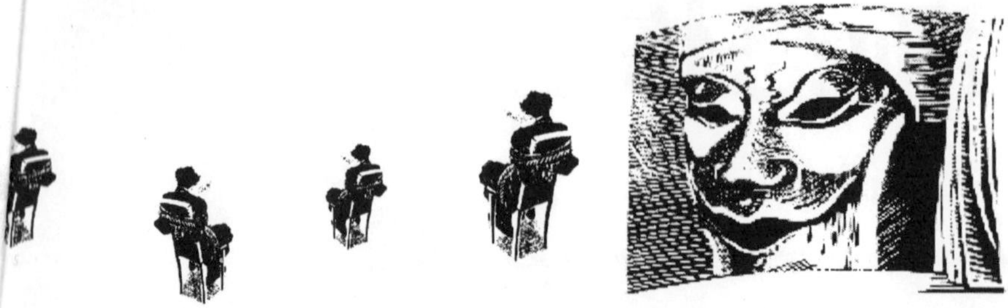

目錄

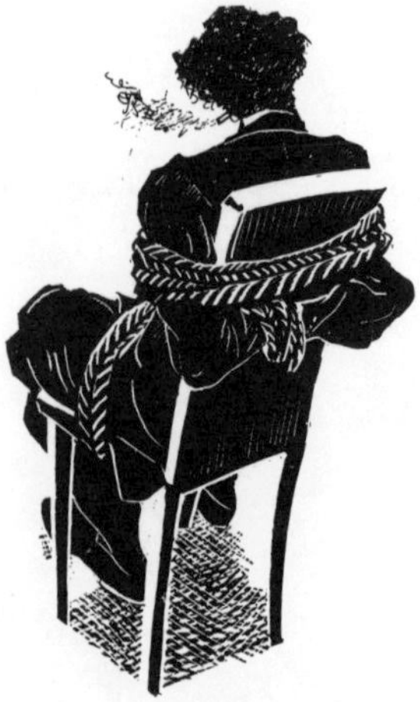

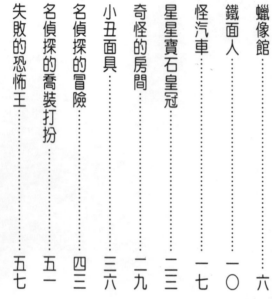

少年偵探㉒

假面恐怖王

江戸川亂步

蠟像館

東京上野公園的下忍池旁，建造了一棟神奇的圓型建築物。看起來似乎比兩國的國技館更小（國技館在一九〇九年設立於東京的兩國，不過現在的國技館則是一九八五年於兩國新落成的建築）。房子的外牆和圓形的屋頂全部漆上白色，而且一扇窗子也沒有。

位於建築物的正面，有個小小的入口，入口上方掛著招牌，標示著「中曾夫人蠟像館」。

據說在英國倫敦有個塔索夫人蠟像館，是世界聞名的蠟像館，而不忍池的蠟像館便是仿照英國的蠟像館所建造的。如果將塔索夫人以法文來發音，便與日文的「中曾夫人」唸法一樣，都是「邱索」。這棟圓型建築物樓高二層，而且有地下室，裡頭有很多條可供觀眾行走的步道，步道兩旁豎立了各種蠟像。

蠟像的尺寸全都與常人一般，雖然穿的衣服是以蠟製成，可是栩栩如生的臉部表情，還是讓人覺得有點可怕。

在倫敦的塔索夫人蠟像館內，陳列了許多描述歷史上可怕或血腥場面的各種蠟像，恐怖的情景甚至讓女人不敢自己單獨前往。

由於東京的中曾夫人蠟像館是模仿塔索夫人蠟像館所建造，所以同樣的會有很多可怕的場面。於是，女性或帶著孩子的大人因為害怕而不敢進去，使得特地建造的蠟像館變得門可羅雀。

在某個星期六的下午三點以後，有兩位少年來到中曾夫人蠟像館。在入口處買票後便入內參觀。

一位少年是井上一郎，另一位是野呂一平，兩人都是小學六年級的學生，而且胸前都別著少年偵探團的ＢＤ徽章。

井上擁有壯碩的體格，身材高大，是位學習柔道的強壯少年。野呂

則是少年偵探團中最膽小的一個，不過卻非常靈活，再加上他很懂得如何逗人歡笑，結果反而最受歡迎，被暱稱為阿呂。

今天兩人便是因為聽到了蠟像館的傳言而頭一次前來。身為偵探團團員，當然會想看一些令人毛骨悚然的東西。膽小的阿呂為了一睹可怕的場面，因此，拼命拉著強壯的井上來到這兒。

踏進蠟像館的入口，走在昏暗的走廊上，一路上沒有看到任何參觀者，感覺就好像進入空屋似的，的確令人害怕。

「真討厭！為什麼這樣安靜呀！應該不止我們兩個人來吧！」

阿呂就像黏住井上身體似的，邊走邊說。

「不！我覺得到對面去也許會碰到其他的參觀者，不過，就算沒有人也沒關係呀！只有我們兩個人，反而更有趣呢！」

井上似乎很喜歡這種寂靜的感覺。

這時，在昏暗的走廊右側，突然有四方型的光從那兒射出。原來是有扇門被打開了。門內似乎開著燈。

背著燈光，一身漆黑打扮的人從門內走出。

「你們來得正好，我來為你們帶路吧！」

是女人的聲音。關上門之後，才看清楚她的長相。

是位年約三十五、六歲，身穿長裙、黑上衣的美麗女子，不過頭髮梳理的方式有些奇怪，而且還戴著帽子。井上和阿呂看著她的裝扮，感覺就好像看到了書上明治時代西方仕女的畫像一樣。

「阿姨！妳是中曾夫人嗎？」

阿呂突然強調這一點，毫不避諱的問著。

「嗯！我就是中曾夫人。我建造這個蠟像館，裡面擺設的蠟像，我全都知道喔！」

夫人似乎覺得很得意，邊說邊走到前面，帶著兩人入內參觀。

鐵面人

「你看！這兒聚集的是各國的代表，他們正打算進行消弭戰爭的協商呢！」

走廊的右側相當的寬廣，那裡有一間非常氣派的客廳。客廳內的天花板垂吊著閃閃發亮的水晶吊燈，地板上鋪著鮮紅的地毯，牆壁上則掛著二公尺見方的鏡子。

在這個華麗房間的正中央，放置了一個大的橢圓形桌，桌前圍坐著十位世界著名的政治家。他們身穿各種服裝，坐在安樂椅上。

其中，包括美國總統艾森豪、俄國總理赫魯雪夫，還有中國的毛澤東主席、印度的總理尼爾，以及日本的岸信介首相（這五位是一九六〇年世界主要的領導者）。

這些用蠟製成的蠟像，臉部表情生動，有的微笑著、有的皺著眉，有的則似乎開口在說話。

這些與人同高的蠟像，有臉、有手腳，身上還穿著各國的服裝。就好像真人一樣！甚至讓人以為他們正在活動呢！

兩名少年驚訝的凝視著這個場面。

「怎麼樣？看起來好像真人吧！不過，這個世界會議可還沒有舉行呢！因為根本就還沒舉行消弭戰爭的諮商會議，這只不過是我的幻想而已！就像這樣，這些世界大國的代表聚集在一個房間裡，思索著該如何避免戰爭，讓人們能過著更幸福的生活。」

中曾夫人這麼說著，並且繼續為兩人解說。

蠟像館中，像這樣的場景有二十個以上。當然，不光是政治家，還有著名的大盜、名偵探的蠟像。像是亞森・羅頻正在爬奇巖城的樓梯、夏洛克・福爾摩斯正在和壞蛋莫里亞提打鬥的場面，也都一一陳列在館

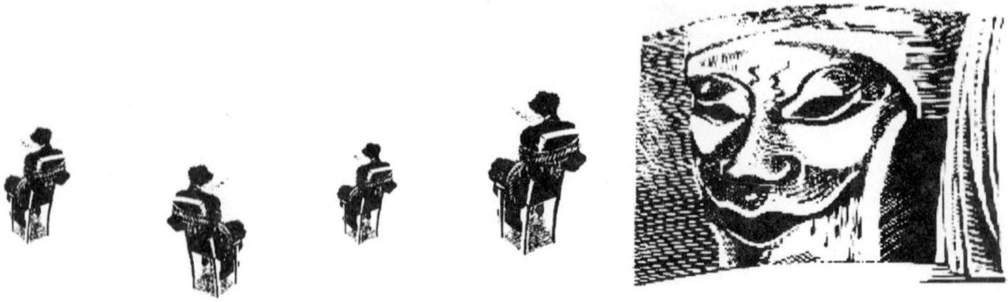

中。

還有被關在石牢中的鐵面人，好像金色壁虎一樣趴在高塔屋頂上的金面人，用四肢奔馳在夜晚銀座街道上的青銅魔人，正走在地下室石街的大盜假面，以及出現在劇場走廊的笑面人等等，陳列了許多假面怪人以及人造人。

「走在這條路上，大家都可以看到這些場景。那麼，你們慢慢欣賞吧！我還有事要先回辦公室去了。」

中曾夫人說完，便將兩人留在原處，自行離去。

兩人無可奈何，只好繼續的往前走。

正如中曾夫人所言，沿路上陸續出現各種場景。像是怪盜亞森羅頻與名偵探福爾摩斯都出現不少次。接下來的場景是……。

「啊！小林團長！」

「啊！明智老師！」

井上和阿呂異口同聲的叫著，並往那兒跑去。原來是看見名偵探明智小五郎和他的助手小林少年。小林少年是少年偵探團的團長。

正想跑過去時，卻立刻撞上了木製扶手。明智老師和小林少年就站在扶手的正對面。

兩人出聲呼叫，但卻不見回答，也不朝這兒看，根本就是一動也不動的呆立在那裡。

「哦！原來也是蠟像嘛！……真令人驚訝！長得和明智老師、小林團長一模一樣，模仿得還真像呢！」

井上十分佩服的說著。

兩人繼續往前走，來到了鐵面人的房間。

這是一座用石頭打造的堅固牢籠，窗戶也加裝了鐵窗。在這座黑暗的牢籠裡，有位戴上鐵面具而蒙住臉的人佇立其中。

其時代背景是在法國路易十四的時代，距今已經三百多年了。當時

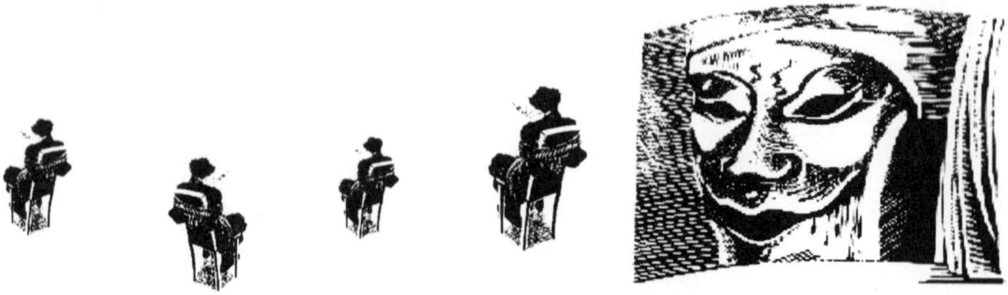

在巴斯蒂亞監獄中關著一位被戴上假面具的犯人，後來病死於牢中。他直到死為止都戴著假面具，從來沒有以真面目見過人。

這位戴著假面具的犯人到底是誰？這是沒有人知道的秘密。於是法國小說家想像這個秘密的答案，寫出了鐵面人的小說，使得鐵面人聲名大噪。在日本也翻譯了兩本鐵面人的小說，包括了督馬以及波亞哥貝的原著小說。

井上和阿呂所看到的，就是被關在巴斯蒂亞石牢中的鐵面人。在他面前蹲著一個年約五十歲、身材壯碩的男子，正與他交談，可能是位獄卒吧！

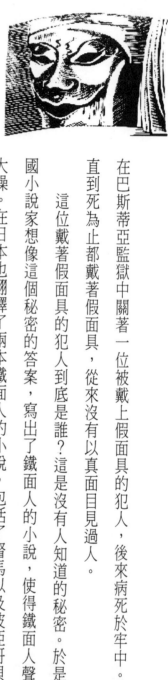

鐵面人所戴的鐵面具，在嘴巴的部分裝上了絞鏈，所以可以打開以便進食，而獄卒正用鑰匙將鎖打開。關於上鎖的原因，應該是為了避免他亂說話吧！

井上和阿呂都看過「鐵面人」的小說，所以看到蠟像後，感覺更為

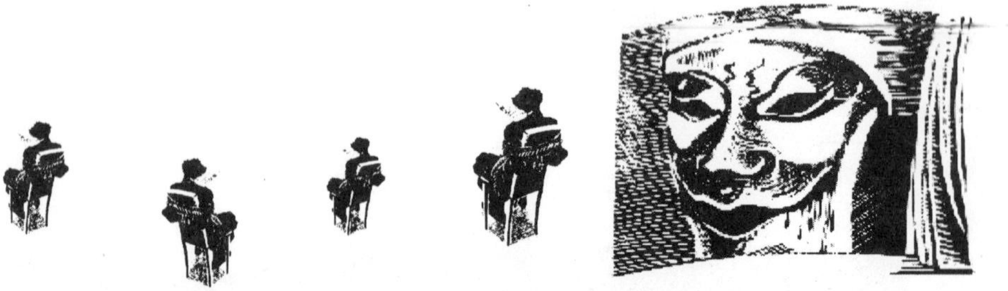

可怕。

兩人佇立在蠟像前，看了許久。

「鐵面人到底是誰？」

「有人說他是國王的兄弟，也有人說他是大臣，另外，也有人說他是大主教，眾說紛紜沒有統一答案。總之，必須被蒙住臉，應該是世界聞名的偉大人物吧！」

井上這麼告訴阿呂。

「鐵面人的背後到底隱藏著一張什麼樣的臉呢？」

「因為是蠟像，所以裡面應該是空的吧！……」

井上說到此處，沈默不語。

如果在鐵面人後面有用蠟製成的臉，那麼會是什麼樣的一張臉呢？想到此處，不禁讓人毛骨悚然。

「我們去看下一個吧！」

井上牽著阿呂的手，往對面走去。轉個彎，來到下一個蠟像場面。但在轉彎時，阿呂拉住了井上的手。

「小心不要被那傢伙發現！你偷偷往後瞧，看！他正在動！」

阿呂附在井上的耳邊，輕聲說著。

井上從轉彎處偷偷探出頭去，凝視著鐵面人的蠟像，結果發現了很奇怪的事。

原來蠟像鐵面人竟然在走動，並且正在取出藏於某處、好像黑色披風般的衣服。衣服披在身上後，便跨過柵欄，迅速地走到通道上，朝對面走去。

怪汽車

「阿呂，趕緊跟蹤他。動作快點！」

井上拉著阿呂的手，跟蹤前面的人。

戴上鐵假面具後，看似眼睛、嘴巴都被遮住，但事實上鐵板的接合處有縫隙，仍然可以從縫隙看到外面的情況，否則，鐵面人不可能走這麼快。

沒想到竟然發生了這種奇怪的事情。蠟像鐵面人竟然走得這麼快。當然，他並非蠟像，而是活生生的人。

鐵面人並不知道有人跟蹤自己，大步的走在通道上。突然，他停下腳步，手按著牆壁。原來那兒隱藏著一扇暗門，鐵面人迅速進入門內。

兩名少年靠近後試著推門。鐵面人似乎忘了關門，門一下子就被推開，兩人鑽了進去。

兩人走在微暗的小通道上，順著這唯一的通道前進，應該會走到蠟像館側面好像後門的地方。

等走到那兒時，才發現太陽已經快要下山了。當然也看到了廣闊的不忍池，以及身後大街閃爍著電車通行的霓虹燈。

對面停了一輛黑色的汽車，鐵面人朝著車子跑去，披風隨風飄揚。他一頭鑽入汽車後座，碰的一聲關上了車門。

車子隨即迅速開走，漸行漸遠，最後隱沒在黑暗中，再也看不清楚了。

附近沒有其他車輛，兩名少年無法繼續跟蹤，只好作罷。

儘管如此，這仍是一件很奇怪的事情。蠟像館的蠟像竟然會走動，而且還坐上了等候在蠟像館外的車子，最後消失了蹤影。

兩名少年因為這件事情實在是太不可思議了，而茫然的佇立在路上好一陣子。等回過神後，認為此事應該通知中曾夫人，於是前往正面的入口處。

進入售票處後，兩人敲了敲之前在走廊上撞見的那扇門。

「請進！」

聽到中曾夫人的回答。

兩名少年推開門走了進去。

這裡應該是夫人的辦公室。正中央有一個大辦公桌，上面擺了很多文件，而夫人坐著的椅子後面，有個很大的書架，上面放置了許多外國和本國的書籍。

「咦？你們不是之前我遇到的少年嗎？怎麼這麼慌張呢？」

身穿明治時代的洋裝、戴著帽子的中曾夫人，從座位上站了起來，走近少年。

「鐵面人逃走了！」

「從後門逃走，坐上汽車後就不知去向了。」

「咦！你們在說什麼呀？」

夫人感到很驚訝似的回問。

「那個蠟像鐵面人逃走了。」

聽到這番話，夫人笑了起來。

「你是不是在作夢呀！蠟像怎麼可能會走路呢？不可能會有這種事情。」

「不！是真的！如果妳認為我們在說謊，那麼，可以去看看擺設鐵面人的那一區，那裡應該只剩下獄卒了。」

「好！去看看吧！你們也跟著我一起來。」

夫人說著，先行步出房外，朝著原先擺設鐵面人的那一區走去，兩名少年則尾隨在後。

通過各區，來到擺設鐵面人的場景。

「還說自己不是在作夢，鐵面人不正在那兒嗎？」

少年們「呀！」驚訝的叫出聲來。

正如夫人所言，鐵面人不知何時又回到原處，而且已經脫掉黑色的披風，不知將披風藏在何處，回復原先的模樣。

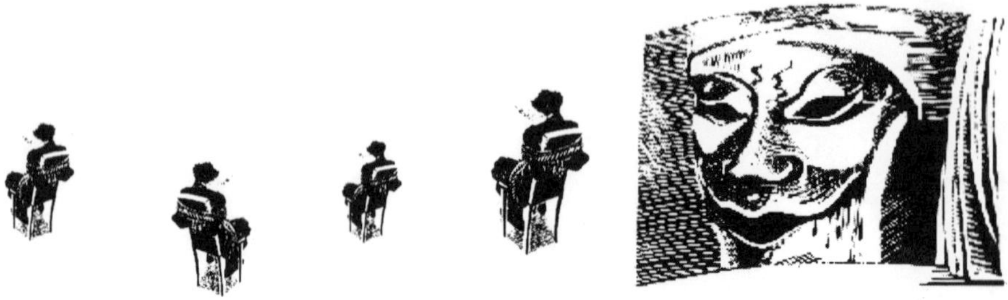

「真奇怪！我們並沒有在作夢呀！我們兩人真的是親眼看到的！可是，坐上汽車逃走的鐵面人，為什麼又折回來了呢？真的是讓人百思不解。」

井上說著，好像突然想到什麼似的，又說道：

「我們可以摸摸那個蠟像嗎？」

「好呀！你們進去摸摸看吧！」

於是井上和阿呂跨過木頭柵欄，進入石牢，走近鐵面人，觸摸他的身體。

敲敲身體，有叩叩的聲音，雙手的確是冰冷的。除此之外，也檢查了褲管內的腿，那的確是像木頭一樣的材質。

「奇怪！這真的是蠟像，但是，這傢伙剛才明明是從這兒跨走出去的，而且還坐上汽車逃走了！」

井上覺得很不可思議而喃喃自語著。

星星寶石皇冠

同樣是這天晚上，在港區一位叫做有馬大助的少年家中，發生了可怕的大事情。

鐵面人似乎真的從蠟像館逃出，而且偷偷的溜進有馬家。有馬家是一座大洋房，父親是某公司的社長，而大助則是小學六年級的學生。

這天晚上十一點時，大助突然想上廁所，於是穿著睡衣下床，上完廁所後便回到走廊。

在這條寬廣走廊的角落，裝飾著古老的西方盔甲。閃爍著銀色光芒的鐵甲，搭配著同樣是銀色的西式頭盔和臉盔，就好像是人穿著戰袍站在那兒似的。

通常晚上通過鐵甲武士的面前時，都會令人覺得害怕，但是大助已

經習以為常，並不在意。當他通過時，不經意的看了盔甲一眼，但是卻感到有些異樣。

因為覺得奇怪，於是仔細的瞧了瞧。

啊！真的不尋常！原來頭盔和臉盔與平常所看到的不同。雖然同樣都是銀色，可是形狀卻不一樣。

「啊！鐵面人！」

大助在心中吶喊著。

大助曾看過『鐵面人』的小說，而出現在眼前盔甲的頭部，正好就和小說插圖中鐵面人所戴的鐵面具一模一樣。

實在是太可怕了。大助趕緊大步繞過走廊的轉角，可是心裡還是很在意，於是便從轉角處偷偷的探出頭來張望。

結果聽到叩、叩、叩……奇怪的聲音，就好像有人在竊笑似的。

難道有人躲在戴著鐵面具的盔甲中嗎？一想到此，大助不覺中嚇得毛骨悚然。

就在這個時候，發生了更可怕的事情。

戴著鐵面具的西方盔甲，竟然動了起來。

一開始，銀色盔甲只是搖搖晃晃，身體朝前後擺動，但後來竟然邁開大步走了起來。

大助嚇了一跳，想要逃走，但對方似乎早就知道大助躲在轉角處，朝著轉角撲了過來。

閃爍著銀色光芒的鐵面具，霎那間便來到大助的面前，用銀色鎧甲手套抓著了大助的肩膀。

「救命呀！……」

雖然想要大叫，但是，嘴巴卻被怪物的鐵甲手給摀住了。

鐵面人扛起大助進入寢室內，撕下床單塞住大助的嘴，又綁住了他的手腳。在走出房門後，上了鎖便離開了。

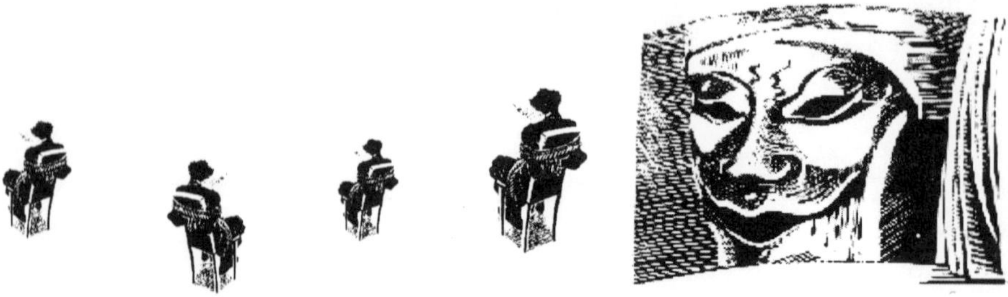

不久之後，鐵面人出現在有馬家的美術室裡。

當時大助的父親有馬先生還沒有睡，正在書房內寫著信。後來想起必須要檢查美術室內的佛像而來到了美術室。

當他推開美術室的門時，發現裡面似乎有東西在動，於是趕緊關上門，只留下一條細縫，從縫中偷窺房內的情形。

美術室內有許多架子，陳列著各種的美術品。牆壁上設有金庫，裡面收藏了美術品中價值最高的藝術品。

穿著西方盔甲的人，就這樣的蹲在金庫前，轉動著密碼鎖。擺在走廊的盔甲，怎麼可能走到這裡，而且還企圖想要打開金庫呢？

有馬先生並沒有發現盔甲的頭已經變成鐵面具，但可以確認的是，盔甲內的確躲了人。

可能是大盜在白天偷偷溜進屋內，並且躲在盔甲裡，等到入夜後，再偷走金庫中的寶物吧！

有馬先生悄悄的關上門，趕回書房，拿起擺在桌上的電話，撥到好友私家偵探明智小五郎的事務所去。

「明智先生嗎？我是經常承蒙你照顧的有馬，現在我們家發生了怪事。有人穿上了原本擺在走廊上的西式盔甲，而且想要打開美術室的金庫。金庫裡放了我們家的貴重寶物『星星寶石皇冠』，你能否立刻前來一趟？……當然我也會通知警察，但我想他並不是普通的大盜，所以還是要請你前來一趟，我才能安心……。」

說到此處，書房的門被悄悄的推開了。閃爍著銀色光芒的西方盔甲正站在門口。

「你打電話給明智小五郎嗎？你想叫明智來嗎？請最好不要這麼做。」

從鐵面具的縫隙中傳出嘶啞、低沈的聲音。

有馬先生嚇得呆立在那兒，他已經沒有說話的力氣了。

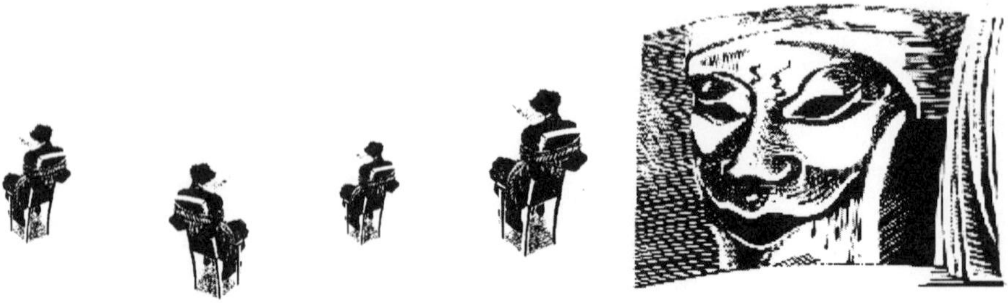

鐵面人肆無忌憚地走到有馬的身邊，從有馬手中接過聽筒。他右手拿著手槍，示意有馬不可出聲，左手則拿著聽筒，對電話另一端的明智偵探說道：

「是明智先生嗎？我是大盜，而且還是很難纏的大盜，世人都稱我為恐怖王。我來這裡是為了拿走『星星寶石皇冠』。我已經研究過該如何打開金庫，現在皇冠也已經得手了。哈哈哈……！你不需要來了，就算來了也沒用，因為等你到達時，我已經逃到很遠的地方去了。」

電話另一端傳來明智偵探沈穩的聲音。

「就算你已經逃走了，但是，既然有馬先生拜託我，我還是要前去一趟。你想逃嗎？不管你逃到哪裡去，我都會抓到你的！你在那棟住宅裡一定留下很多線索，不管再怎麼擦拭指紋，也是沒有用的，因為一定還有很多線索留在那裡。我會找出來的！我一定要知道你是什麼人，而且一定會抓住你的。哈哈哈……！因為這就是我的工作。」

聽到名偵探充滿自信的聲音，鐵面人顯得有點焦躁。

「那咱們就走著瞧吧！到時候你可不要後悔喔！因為你還不知道我到底具有多大的力量呢！哇哈哈哈！」

說完之後，便用力掛上電話。然後又拿起話筒，撥了另一個號碼，好像在呼喚他的同伙前來。鐵面人說了一些暗語，站在旁邊的有馬，也聽不懂他們在說些什麼。對方可能是大盜的手下吧！

奇怪的房間

場景轉到明智偵探事務所的房間裡。

「哈哈哈……，真是有趣呀！難纏的大盜出現了。小林，有馬先生著名的『星星寶石皇冠』被偷走了。那傢伙剛剛還打電話來，我必須趕緊去一趟，你幫我叫車吧！」

明知偵探吩咐在一旁的助手小林少年。

「老師自己一個人去嗎?我不用去嗎?」

小林少年似乎有點洩氣的說著。

「你在這兒留守,你的任務是,如果我發生了什麼事,你必須要救我,所以,我們兩個最好不要一起行動。」

小林少年無言以對,於是立刻撥電話給租車公司。

不久之後,明智事務所的高級公寓入口處停著一輛汽車。聽到汽車的喇叭聲,似乎是在說「我來接你了」。明智偵探吩咐小林少年看家之後便走出玄關,朝著停在大街上的汽車走去。

就在此時,發生了怪事。在公寓前的黑暗處忽然竄出一名年約三十歲的男子,好像是個流氓,悄悄的接近明智偵探的身後。車門打開了,明智偵探正打算進入車內,但好像感覺到什麼似的突然抽身。因為他發現車身和平常所搭乘的車子不同,而且駕駛是個很奇怪的傢伙。更奇怪的是，後座上竟然坐著一個陌生的男子。

雖然想要抽身，但卻有東西從身後突然撞了過來。原來是剛才從黑暗中出現的那名流氓。

這個傢伙打算把明智推進車內中，而在車內的傢伙也起身用手纏住明智的脖子，用力將他拉進車內。

對手有兩人，而且又是出其不意的發動攻擊，名偵探匆忙中當然打不過他們。時間已是接近十二點的午夜時分，街道上沒有行人，所以也無法求救。

明智偵探想要大聲呼叫，但對方早就察覺到這一點，因此，用白色手帕蒙住明智偵探的口鼻。

瞬間，刺激的氣味撲鼻而來，原來是麻醉藥。……頓時名偵探昏倒在汽車中。

※　※

明智偵探突然從夢中驚醒。

環視四周，這是一個很舒服且華麗的房間，讓人想起一世紀前法國的客廳。

天花板垂掛著水晶吊燈，房內有漆成白色的華麗桌子以及鋪著柔軟椅墊的高級躺椅。

明智終於想起來了。

「啊！對了！我被壞人抓住，而且對方還用痲醉藥把我迷昏。」

他試著活動一下手腳，看看自己是否還被綁住。發現手腳能夠靈活活動，只是躺在躺椅上，很想睡覺而已。

這時，走進了一位美少女，好像早已在門外等候明智醒來似的，她大概是就讀高中的年紀吧！手上端著銀色的托盤，上面擺著咖啡杯。

「你醒了！」

少女將銀色托盤擺在桌上，溫柔的招呼著。

末。

「真不幸！但是你沒有受傷吧！」

明智偵探好像作夢一般，發呆了一會兒，但還是無法了解事情的始末。

「這裡到底是什麼地方？妳是誰？」

他詢問對方。

「這裡是救你出來的人的住處，我是這家主人的女兒。」

「是嗎？我被壞人抓入汽車內，而且對方用麻醉藥把我迷昏，後來到底經過多久我也不知道。這裡還是東京嗎？」

「嗯！是的。你剛剛清醒還是不要說太多的話。」

「我已經沒事了！不過，還是有點頭暈。」

明智說著，從躺椅上站了起來。起身時，覺得整個房間天旋地轉，不禁把手撐在椅子上。

「不行！頭還在昏！感覺好像這個房間在旋轉似的。」

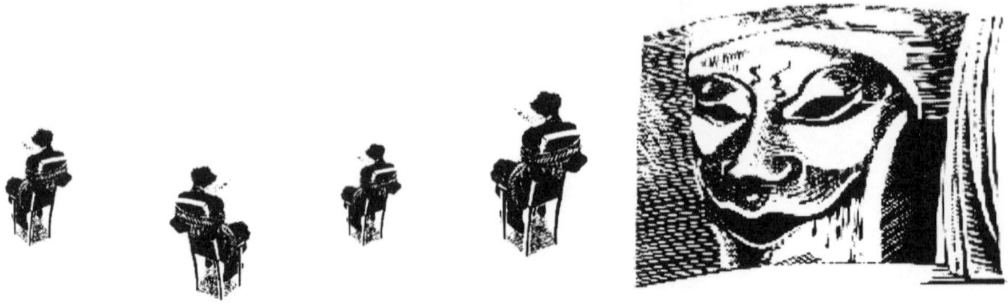

「你看吧！還是不要太勉強喔！」

「我沒什麼大礙。我想見見這裡的主人，向他道謝。」

「沒問題，但是現在主人不在……」

這時，明智注意到整個房間的裝潢和普通房間不一樣。

「咦！這個房間沒有窗子，所以，白天也需要點燈，真是奇妙的房間！那麼現在到底是白天還是晚上呢？」

「是晚上，現在已經八點了。」

「是幾號呢？」

「是十六日。」

少女回答著，並且用手遮住嘴巴竊笑著。

「我被推進汽車時，是在十五日的晚上，這麼說來，已經過了整整一天嘍！」

這裡的一切，總讓人感到有些奇怪。這個奇怪的少女，沒有窗子的房間，以及隨時都覺得房間在搖晃似的，所有的事都讓人覺得奇怪。

「這個房間到底在幾樓呀？為什麼一直搖搖晃晃的，感覺好像在塔上。」

「也許是吧！」

少女用竊笑的語氣說著。

「但是，不會讓人覺得不舒服呀！既然你還要在這兒待一陣子，那麼就要盡量過得舒服些。感覺有什麼不對勁的地方，就請告訴我吧！」

少女親切的說著。

「待在這兒一陣子？別開玩笑了！我還有重要的事要處理呢！」

明智偵探訝異的說著，感到非常懷疑。

「不！不要那麼著急！現在最好什麼事都不要想。」

少女以安慰病人的語氣說著。

「我待會兒再來，趁著咖啡還沒涼，趕緊喝下吧！」

說完，像是落荒而逃似的奔向門邊。明智說道：「等等！」想要從椅子上站起來追趕少女，可是才走兩、三步，就感覺腳好像被什麼東西絆住一樣，啪的一聲，身體倒了下來。

「哇！哦哦……，你看吧！我不是叫你乖乖的待在那兒嗎？」

少女好像在嘲笑他似的說著，往門邊走去。

明智後來才發現，自己的腳踝被套上鐵環，而與鐵環相連的鐵鏈被綁在躺椅的盡頭。自己就有如是動物園裡的熊一樣，只能在鐵鏈長度的範圍內移動身體。

小丑面具

「對不起！對不起！我想上廁所，請幫我解開這個鐵鏈。」

明智大聲叫著打算關門的少女。

聽到他這麼說，少女勉強的走了回來。

「是嗎？你真的想上廁所嗎？」

「是的，請！快幫我解開鐵鏈吧！」

聽他這麼說，少女蹲在明智的腳邊，從口袋中掏出小鑰匙，很快的就打開了套在明智身上的鐵環。

在門外的走廊有盥洗室，走到那兒去時，明智微笑著說道：「現在我已經恢復自由，我想從這裡逃走！」

少女嚇了一跳，從衣服後面掏出手槍，瞄準明智。

「你不可以逃，你絕對不能逃。請你不要逃，拜託你！」

少女面露哀傷的表情拜託明智，明智則笑了起來。

「我是開玩笑的！我不會逃走的。」

明智等少女放下心後，突然撲向她，奪走她手上的手槍。

「啊！不行！你什麼都不知道！不行！不行！……」

正打算甩開抓著他的少女而轉身逃走時，突然，有尖硬的東西抵住明智的背部。

「舉手！把槍丟掉！否則你的身上會開個大洞。」

原來抵在背上的是手槍的槍口，接著看到兩名蒙面男子。

明智偵探被帶回原先的房間，但這次不是在躺椅上，而是被綁在普通的椅子上。

「哈哈哈哈……，你乖一點的話，只用鐵環套住腳就可以了，但是現在你卻做了一些無聊的事情，因此只好讓你動彈不得。你還是安份一點吧！」

兩名男子忿怒的說著，然後與少女一同走出房間，碰的關上門，並且上了鎖。

明智偵探就這樣的被綁在椅子上，一動也不動。

真是難纏的對手，原以為只有一名少女而已，誰知道……。實在是太輕敵了！真糟糕！

「這個房間真的很奇怪！」

首先是完全沒有窗戶，而且好像在高塔頂端的閣樓似的，整個房間都在晃動。

「不！不光是如此。房間好像有什麼機關似的。醒來時，少女就馬上進入房間，真是不可思議！可能有人從某處偷窺著這個房間。」

明智偵探心中這麼想著。就這樣被綁著，開始觀察整個房間。

牆壁上掛了許多油畫，還有許多南洋人製作的面具，其中包括很多逗笑的小丑面具。

明智偵探仔細盯著牆壁瞧，最後終於將視線停留在小丑的面具上。

塗著像牆壁般白粉的臉，有著圓圓的鮮紅鼻子，兩邊臉頰塗著紅色的圈圈。這個西方小丑的面具有著像線一般細的眼睛，上下眼瞼畫著直條的黑線，同時還戴著紅白相間的尖帽子。

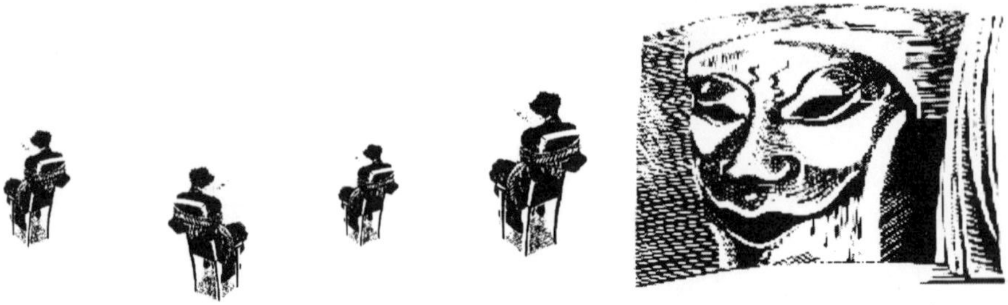

明智偵探似乎發現這個面具有洞。

他的視線和面具的眼睛正面相對，就好像雙方互瞪似的。

彼此互瞪了一會兒之後，明智偵探面露笑容。啊！牆上的小丑面具隨即也笑了起來。

「啊哈哈哈……，在那裡的小丑先生，你可是活生生的人呢！從牆壁的洞中露出臉來，看起來好像面具一樣，你就這樣的盯著我瞧嗎？」

被明智識破後，牆上的面具瞪大眼睛，開口回答：

「你發現我了嗎？不愧是名偵探名智小五郎。不過，是不是發現太晚了些呢？」

牆壁上原本掛著用土捏成的小丑面具，壞人只是在自己的臉上畫出和面具同樣的裝扮。有時會從牆上的洞將面具取下，再換上自己的臉，藉此來觀察明智的舉動。

「你不覺得這麼做很累嗎？還是到這兒來吧！」

明智就好像在和朋友說話似的這麼說著。

「我當然覺得很累，但是就算再累，也不能聽從你的吩咐去做。」

小丑面具移動著他那鮮紅的嘴唇說著。

「不！事實上我有事想要拜託你。」

「拜託我？真是厚臉皮的傢伙！好吧！說說看！有什麼事要拜託我？」

「我想抽煙。」

「喔！想抽煙呀！你是希望我幫你解開繩子嗎？這是不可能的。」

「不！不需要解開繩子，只要從我口袋的煙盒中掏出一根煙，讓我用嘴巴叼著，幫我點火就可以了。已經一整天沒有抽煙了，我現在不是想吃東西，而是想抽煙。」

「哇哈哈哈……，是嗎？我也很喜歡抽煙，所以，能夠了解這種心情。好吧！我就到那兒去幫你點煙吧！」

說完，小丑面具從牆上縮了回去，牆壁上換上了真正土製的面具。

名偵探的冒險

這時，門被打開了，走進一名臉部是小丑裝扮而身上卻是穿著黑色緊身衣褲的男子。

「煙盒在哪？」

「這裡，在右邊的內袋裡。」

男子將手伸進偵探的胸前，取出煙盒，啪的將煙盒打開。

「只剩下一根？」

「一根也好，請讓我吸個煙吧！」

「好吧！你就叼著，我拿打火機幫你點煙。」

化妝成小丑假面具的男子，讓明智叼著煙，為他點火。

「你慢慢抽吧！我也到那兒去休息一下。」

小丑假面人說著，走出房間。

明智偵探還是被綁在椅子上。他一面抽著煙，一面看著牆上的小丑面具。

用土製成的面具還沒有和真人的臉互換呢！

當然不可能一直對調！也許小丑假面的男子真的去休息去了。

明智偵探抽個煙，又笑了起來，而且快速拼命的抽著，不知道是為了什麼。

煙都已經快抽完了，可是奇怪的是，雖然煙灰散落一地，但是煙的長度並沒有改變，而且在燃燒之後，卻散發出銀色的光亮。

明智偵探叼著煙，忽然彎身低下頭去，讓銀色的煙接近綁在胸前的繩子。

難道他是想藉著香煙的火燒斷繩子嗎？但這是行不通的，因為這是新的麻繩，香煙的火是無法點燃的。

明智將香煙點火的部分接觸到麻繩，經由摩擦之後，使點火的部分消失，留下好似細長刀子般的銀色利刃。

明智開始用利刃不斷地割著麻繩。

刀刃帶有柄，用牙齒咬住柄，整張臉上下移動，就能割斷麻繩。

原來香煙內藏著細刀，放在煙盒中，只要對方能夠讓自己抽煙就可以了。

壞人真的以為明智想要抽煙，並沒有絲毫的懷疑，而且讓他叼著這根煙，為他點火。

啊！這的確是很好的伎倆。只要有這根內藏刀子的煙，則不管自己被綁得再緊都無所謂，因為只要割斷胸前的繩子，隨後就可以解開其他部分了。

兩分鐘後，明智終於割開了繩子。隨著慢慢的移動身體，其他繩子

全都解開後，手腳終於重獲自由。

離開椅子，悄悄的接近門，豎耳傾聽門外的動靜。外面寂靜無聲，似乎空無一人。於是打開門來到走廊，繼續往前進。

在走廊的盡頭有狹窄的樓梯，明智躡手躡腳的爬上階梯，停在一扇門前。在豎耳傾聽後，悄悄的打開門。

外面一片漆黑，奇怪的是，聞到了海的氣息。

「啊！逃走了！名偵探割斷繩子逃走了！」

此刻，聽到有叫聲傳來。

明智在黑暗中奔跑，感覺腳邊在晃動著，身後則傳來手槍碰碰的聲音。似乎只是在威脅他而故意沒有瞄準目標。

明智偵探拼命的跑，跑了大約十公尺，撞到了硬物。大概是樓梯的扶手吧！

「哇！哈哈哈哈……，明智先生，你感到很驚訝吧！你想這會是哪裡呢？你會不會游泳呢？不！就算是會游泳，但在汪洋的大海中也無計可施啊！」

聽到假面小丑的聲音，明智嚇了一跳，藉著星光沿著扶手往下看，才發現那是水。一片漆黑的水與波浪，看來的確是於汪洋大海上。

啊！原來是在船上，而且是在一艘馳騁於汪洋大海中的輪船上。之前的房間沒有窗戶，而且感覺會搖晃，原因就在於此。

完全沒有察覺自己是在輪船上，應該是昨晚被推進汽車內之後就被載到東京港，由輪船將他載到汪洋大海中。

自稱是「恐怖王」的大盜，竟然擁有這麼大艘的輪船，想必一定是非常龐大的強盜集團。首領「恐怖王」到底是誰呢？也許之前在船艙牆壁上露臉的小丑假面男子就是「恐怖王」。

明智偵探被盜賊追趕到輪船甲板的扶手邊，看來現在只能夠跳海逃生了。

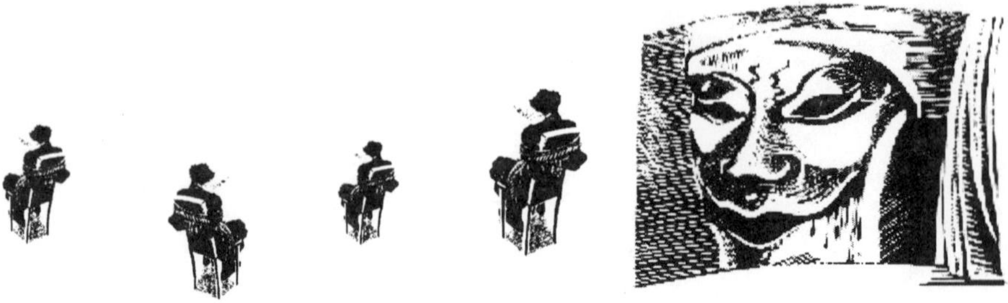

偵探雖然會游泳，但是，在汪洋大海中，恐怕也無法游回岸邊。就算是名偵探，也面臨了危急存亡之秋。

明智開始不斷的思索。一定要保持冷靜，好好的運用智慧才行。

「哇哈哈哈……怎麼樣！明智先生，你要在這片大海中游泳嗎？哇哈哈哈……」

小丑假面的聲音接近了。

這時，明智的腦海中突然有了妙計。

「這小小的海怎麼奈何得了我呢？」

說著，迅速將腳邊的小桶踢落海中，越過欄杆，以倒栽蔥的方式落入海中。

海面立刻濺起浪花，聽到有人落海的水聲。

事實上，落水的只是鐵桶而已，明智偵探自己則掛在船邊，躲了起來。這是以性命做賭注的掙脫技巧。

「啊！跳下去了！快點！快放救生艇！」

聽到小丑假面的叫聲，以及兩、三人跑到船尾的腳步聲。

通常輪船的船尾會綁著一艘救生艇。盜賊們從輪船上放下救生艇，坐在救生艇上划著槳，展開海面搜尋。

明智偵探雖然掛在船邊，但因為穿著黑色衣服，所以不會被遠處的人發現。明智就這樣的朝著反方向移動。在確認沒問題後，爬上船，躲在一片漆黑的甲板上。

他看到甲板上擺著一些箱子，於是隱身在箱子後。

這時，聽到有人在甲板上來回走動的聲音，船上應該還有賊人的同伙，可能是為了觀察在海上的救生艇而站在甲板上吧！

躲在箱子後的明智，繞到對方的相反側，屏氣凝神。

「喂！發現明智了嗎？……」

咦？是曾經聽過的聲音，難道是他嗎？明智悄悄的從箱子後探頭出

去張望。果然就是那個小丑假面男子，原來這傢伙就是首領。如果是首領，那麼應該就是假扮鐵面人、自稱是「恐怖王」的壞蛋。

明智偵探一直凝視著這個人的背面，藉著微弱的星光，看到他的右手握著手槍。

「首領……不知道掉到哪裡去了，並沒有發現……。」

聽到下面救生艇傳來叫聲。

「不可能的……他可能趴在船底，還有，船的周圍也要搜尋一下，再仔細找找看……」

小丑假面大叫著。

就在這一瞬間——

明智偵探從箱子後面跳了出來，撞向小丑假面，讓他手上的槍掉落下來。

「啊！你是誰？」

小丑假面不甘示弱的還擊，兩人扭打成一團，滾到漆黑的甲板上。

名偵探的喬裝打扮

展開了一場大格鬥。兩人就在一片漆黑的甲板上不停的滾動著，終於明智佔了上風，小丑假面被壓在下面，動彈不得。明智是柔道高手，他勒住對方的喉嚨，把對方給勒昏了。

看看周圍的甲板上，並沒有發現任何人影。因為兩人是默默的扭打成一團，所以，待在船艙中的手下都毫不知情。

明智偵探將小丑假面軟癱的身體拖到甲板陰暗處，脫掉自己的衣服替對方穿上，拿掉對方的小丑面具，戴在自己臉上，並將對方的尖帽戴在自己的頭上。

整個人都徹底換了過來，這樣別人一定會以為倒在地上的就是明智

偵探，而站著的人則是小丑假面恐怖王。

明智偵探在必須要冒險時，都會在襯衫內穿上黑色緊身衣褲，今天也是這樣的裝扮。他戴著假面具，將衣服和襯衫都換掉，這麼一來，一定會被誤以為是賊人的首領。

明智拿起繩子，將首領的手腳緊緊捆綁，嘴巴塞住東西，然後再用手指點住賊人的要害，使其清醒過來。賊人雖然人已清醒，但因為手腳被綁、口被塞住，所以也無計可施。

明智撿起附近被捲成一團的帆布，蓋住首領的身體，並撿起掉在甲板上的手槍，假扮成賊人首領，進入船艙。

走進最華麗的房間，看看四周，按下桌上的呼叫鈴。

這時，一名手下出現。

「首領，有什麼事嗎？……」

手下詢問著。

「喂！你應該知道吧！那個『星星寶石皇冠』我到底收在哪？你說說看！」

明智模仿首領的破鑼嗓子，語氣粗魯的說著。

「咦！首領，你自己收藏的東西，難道自己忘了嗎？」

手下面露奇怪的神情，回問他。

「我當然知道，我只是要確定你到底知不知道。你說！在哪？」

「不是早就決定好了嗎？每一次首領都會把最重要的東西收藏在那個櫃子裡。」

「喔！是嗎？是在這裡嗎？但是，已經上了鎖。你知道鑰匙放在哪嗎？」

「放在桌子的抽屜裡，是右側最上面的那個抽屜，而且夾在筆記本中間。難道首領忘記了嗎？」

「我怎麼會忘記呢？我只是考考你而已。好！沒事了！你可以出去

了。」

這名男子就這樣的離開了。因為戴著小丑假面具，裝扮和首領一模一樣，所以對方根本不會懷疑這是明智偵探所喬裝的。

明智掏出鑰匙，打開櫃子，取出了用紫色包巾包住的「星星寶石皇冠」的盒子，並打開盒子確認裡面的寶物。

如星星般閃耀著光芒，鑲著無數寶石的黃金寶石皇冠，就算是名偵探，也會因為這個皇冠太美了而看得出神。

明智將寶物按照原先的包法包好，挾在腋下，跑上後方甲板。當他中途通過手下船艙的窗前時，並沒有人懷疑他。

來到甲板的盡頭，俯看一片漆黑的海洋。這時，正好救生艇繞輪船一周回來。

明智將小丑假面的臉靠在船邊，讓救生艇上的手下能夠清楚的看見自己。

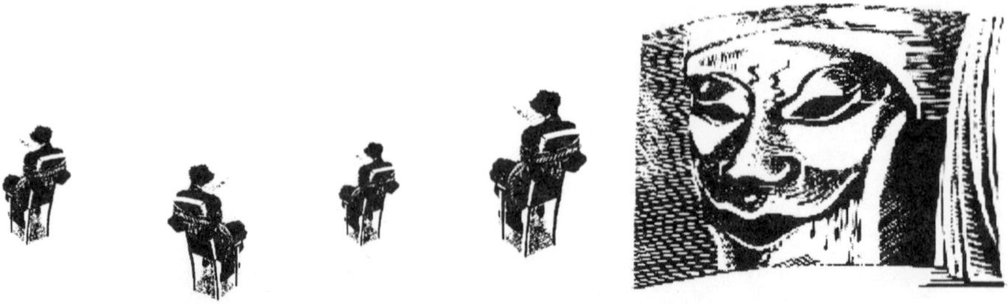

「首領，怎麼找都找不到！明智那傢伙可能已經被鯊魚吃掉了！」

下方傳來救生艇上手下的叫聲。

「好！不要找了！你們先上來吧！」

明智模仿首領的聲音，下達命令。

於是三名手下將救生艇綁在從船尾垂下的繩子上，然後沿著繩梯爬上甲板。

「辛苦你們了！回房做你們該做的事吧！……反正明智現在也煩不到我們了，你們可以安心的去工作吧！」

明智還是假扮成首領，這麼說著。

看到手下進入船艙，明智沿著剛才他們放下的繩梯，往下來到了救生艇。

名偵探已經達到目的了，雖然曾被對方抓住，可是卻打倒別人的首領，並藉由假扮成首領而取回有馬先生的「星星寶石皇冠」，最後藉著救生艇逃走。

坐上救生艇後，明智解開繩子。在一片漆黑的海上，朝著東京的方向往前划。所幸現在並沒有大的風浪，所以能夠順利的划船。

一個人要划兩支槳，真的是非常吃力。於是明智下了一番工夫，將其中的一支槳當成像日本船中的櫓一般，以這樣的方式划著救生艇。

救生艇離輪船愈來愈遠了。

二百公尺、三百公尺，到了距離五百公尺時，輪船的身影完全溶入黑夜中，再也看不到了。

失敗的恐怖王

這時，輪船上發生了大騷動。

首領不見了，找遍全船，都不見首領的蹤影。

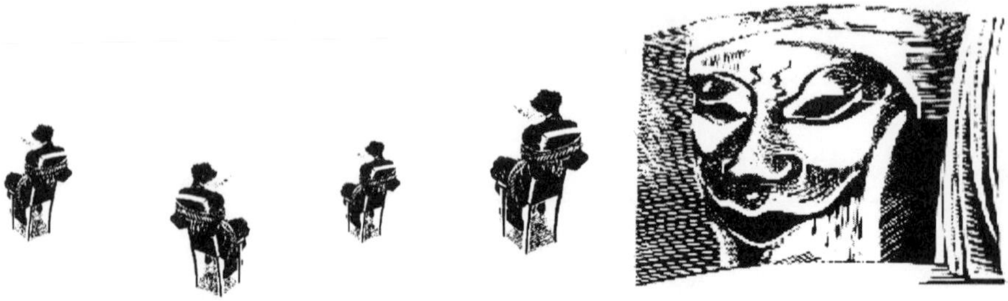

突然想到糟糕的事，趕緊跑到關明智偵探的房間。結果發現繩子都被解開，當然，也沒有看到明智的蹤影。

事態更加嚴重了！

首領到底去哪裡了？

手下們在船上到處尋找。

其中有一名手下，手持手電筒在後甲板上來回的走著。

突然，聽到叩咚叩咚的聲音。

「是誰？……」

大叫著，但卻聽不見任何回答，只是持續聽到叩咚叩咚的聲音。

感覺非常奇怪！手下豎耳傾聽，終於找到聲音的來源處，並用手電筒朝那兒照去。

赫然發現帆布在動，也許下面躲著什麼生物吧！

手下戰戰兢兢的靠近帆布，用力的將它掀開。

「啊！是明智……」

手下看到穿著黑西裝的男子被綁住手腳，倒臥在地，理所當然的認為那是明智偵探。因為嘴巴被塞東西，而且又穿著明智的西裝，所以才會被誤認為是明智。

手下趕緊跑進船艙，呼叫同伴。立刻有六、七名手下聚集了過來。

「怎麼回事？發生了什麼事？」

「什麼？明智那傢伙被綁住了？」

「喔！那麼是首領將他綁住的囉？」

大家七嘴八舌的說著，同時接近倒下的男子。

「咦？這不是明智，明智的頭髮應該更蓬鬆才對。」

「這不是明智，那會是誰呢？」

「不知道！真奇怪！」

這時，倒下的男子突然抬起被綁住的雙腳，用力敲打船板，似乎很

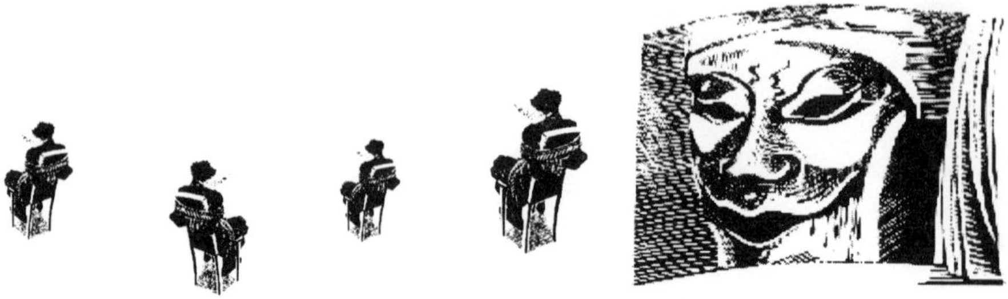

生氣。

「還是靠近點，看個仔細吧！」

一名手下接近男子，拿掉塞在對方嘴裡的東西。

哇！沒想到露出的那張臉竟然是——

「啊！是首領！是首領！這……」

「快解開繩子，還在那磨蹭什麼！」

聽到首領的聲音，大伙兒趕緊解開繩子。

「笨蛋！都是一群蠢傢伙！明智戴上我的小丑假面具，假扮成我的樣子，不知道到哪去了！快點分頭去找！」

「但是，首領，整艘船上全都搜遍了，就是沒有發現那個傢伙。」

「咦？真奇怪！」

一名手下突然說著。

「首領，你剛才是不是從甲板上對坐在救生艇上的我們說不用再找明智了，可以上船了？」

「沒這回事！那不是我說的。」

「喔！那就是明智。他的確戴著小丑面具。」

「不！等等！首領，糟糕了！」

另一名手下急忙的說著。

「什麼事情糟糕了？」

「首領剛才是不是把我叫到你的房裡去，還問我『星星寶石皇冠』收藏在哪裡？」

「我怎麼可能會問你這種問題？難道我會忘了自己將『星星寶石皇冠』收藏在哪裡嗎？」

「喔！那麼他會是明智嗎？」

「喂！你說什麼？明智問你這件事嗎？」

「是的，我不知道他就是明智，只是覺得首領問的話很奇怪。」

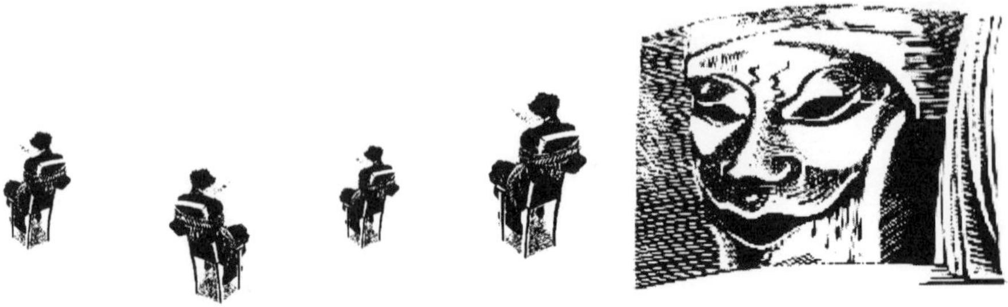

「你！你！那麼，難道……」
「首領，對不起，『星星寶石皇冠』被那個傢伙給拿走了。」
「假扮成我的明智那個傢伙嗎？」
「是的。」
啪……首領打了手下一巴掌。愚蠢的手下摸著臉頰，後退了幾步。
「大家快點找明智，他一定還躲在什麼地方，趕緊取回被他拿走的『星星寶石皇冠』。否則我的面子會掛不住！不管發生什麼事，一定要抓住明智那個傢伙……」
於是，船上又展開了大搜索。
不久之後，剛才坐上救生艇的三名手下竊竊私語的來到後甲板的盡頭。
「喂！去看看吧！也許他利用救生艇逃走了。」
「嗯！我也這麼想。」

三人靠在欄杆上，看著漆黑的海面。

「啊！不見了！救生艇不見了！」

將繩子往上拉，原本綁在繩子前端的救生艇早已不見蹤影了。

三人趕緊來到船艙，將這件事告知首領。

「什麼？救生艇不見了？」

首領也趕忙跑來查看，手下站在他的身後，大家全都靠在後甲板的欄杆，俯看漆黑的海面。

如果是在白天，一定可以發現明智所乘坐的救生艇。但天色實在太暗了，根本看不見。

首領命令船朝東京開去，以便尋找救生艇的下落，但還是沒有發現明智偵探。如果太過於靠近東京，自己也會有危險，所以，無法隨心所欲的找尋。

就這樣過了一週。有一天，明智偵探事務所忽然接到一通奇怪的電

話。

是明智接的電話，話筒的另一端傳來嘿呵呵呵……的可怕笑聲。

「嘿呵呵呵……是明智先生嗎？我就是恐怖王，最近我見識到了明智先生高明的手腕。我輸了！我真的是輸了！但是我不服輸！我一定會報復的。請多加小心，因為你還沒有見識到恐怖王真正的厲害。一不小心，可是會後悔莫及喔！

一旦東西被奪走之後，我就會放棄。雖然我已經喪失『星星寶石皇冠』，但我會找尋更大的目標，這就是我一貫的作風。這一次，你想我會鎖定什麼目標？哇哈哈哈……。就算是名偵探明智先生也猜不著吧！我一定會做出震驚世人的事情。不！而且希望能讓明智先生比世人更驚訝！這一次可不像小丑假面那樣簡單，而是非常可怕，將會震驚整個東京的恐怖假面。」

聽他這麼說，明智偵探笑了起來。

「哈哈哈……，你是打電話來向我挑戰嗎？好！我隨時接受你的挑戰。之前在船上時，因為你的手下眾多，我只好忍耐，然後伺機偷走『星星寶石皇冠』。但這次我會抓住你，你小心點吧！」

說著，掛斷電話。

「嘿呵呵呵……，真有趣呀！明智大偵探對上假面恐怖王，巨人和怪人大對決！不過在此之前，明智先生，請你一定要好好保重喔！再見了！」

金面人

接下來的一個月內，並沒有發生什麼事情。但是，某日在京都市的三十三間堂卻發生了一件奇怪的事。

在三十三間堂這個空間細長的佛堂當中，除了留有讓參拜者進出的

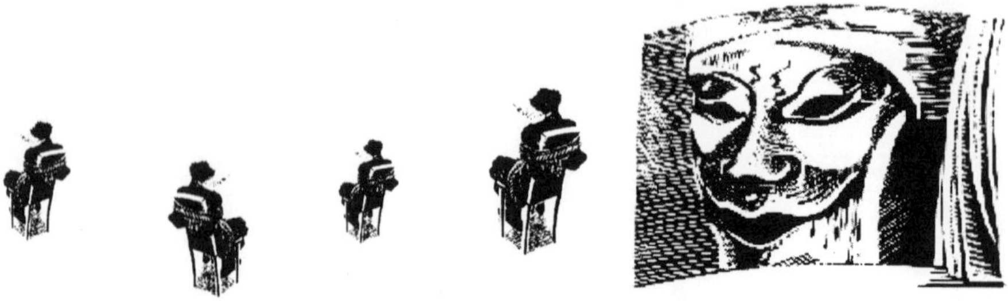

通道之外，佛堂內都陳列著幾百尊金光閃閃、與人同高的大佛像。

某天傍晚，兩名小學六年級的少年高橋與丸山走在佛堂的通道上。這時四周微暗，參拜的人都已經回去了。寂靜的佛堂中，除了他們之外並沒有任何人。

雖然四周無人，但卻豎立著許多與人大小相同的金色佛像。幾百尊金色佛像就這樣的沈默不語，一動也不動的聚集在暮色中，讓人覺得很不可思議。

「快點回去吧！這裡已經沒有人了。」

丸山有點害怕的說著。

高橋突然停下腳步，用驚訝的神情看著一列佛像的正中央處。

「高橋，怎麼回事？你發現了什麼嗎？」

高橋立刻將手指豎在嘴巴前，示意丸山不要說話，而眼睛仍然看著原先的方向。

丸山順著高橋的視線看著眼前的佛像。

咦，這是怎麼一回事？在一排佛像的正中央竟然豎立了一尊姿態異樣的佛像。

不但身材比其他的佛像更為高大，仔細一看，發現頭上還裹著好像印度人頭巾般的金色的布，披著金色的披風，臉塗成金色，看起來比其他佛像的臉大上許多，就好像是戴著日本能劇的面具似的，讓人看了覺得很不舒服。

不知道是不是因為心理作祟的緣故，總覺得這個怪佛像黃金色的臉似乎也瞪著這邊看。

兩名少年瞪著這個佛像看了許久。結果，竟然發現了更不可思議的事情。

怪佛像的身體竟然晃動著，黃金臉上的嘴形彎成了新月形，露出了黑色的細縫，正在那兒笑著。黃金臉竟然咧嘴笑了起來！

兩名少年十分害怕，縮起了身子。後來高橋鼓起勇氣，拉起丸山的手，把他帶到看不見怪佛像的地方，而且嘴巴貼近他的耳邊說道：

「你看到那傢伙了嗎？那不是佛像，是活生生的東西，會動！而且還朝著我們笑。」

「嗯！真是可疑的傢伙！難道是妖怪嗎？」

「這世上怎麼會有妖怪！那傢伙一定是壞蛋！裝扮成金色模樣躲藏在佛像中，大概有什麼不良的企圖。我們就從這裡偷看，也許那傢伙還會再動！」

於是兩名少年躲在陰暗處，偷偷的往外瞧。

少年的確猜中了，這個看似佛像的奇怪傢伙，果然動了起來。

怪人將佛像撥開，走到行人經過的通道上。他全身上下除了金色的披風外，還有緊身的金色衣褲，甚至連鞋子也是金色的。

怪人悠閒的走在通道的正中央。兩名少年則遠遠的跟著他。

「喂！那傢伙是金面人！」

高橋一邊跟蹤，一邊對丸山這麼說。

「我曾經看過『金面人』這本書(江戶川亂步在一九三〇年所寫，適合成人閱讀的偵探小說)，書上的照片就和這傢伙的裝扮一模一樣。法國的大盜亞森羅蘋曾經假扮成金面人，但是羅蘋已經死了，所以這傢伙絕不是他。這個怪人是模仿羅蘋而假扮成金面人。」

啊！金面人。這個曾經震驚全日本的金面人又再度出現了！而且現在就在自己的面前走著。

兩名少年好像作了惡夢似的。

佛堂的入口處有和尚在看守著，但金面人卻若無其事的通過和尚面前。

和尚嚇得呆立在原地，根本說不出話來。

怪人離開佛堂之後並沒有回頭，仍然慢慢的走著。但是，當兩名少

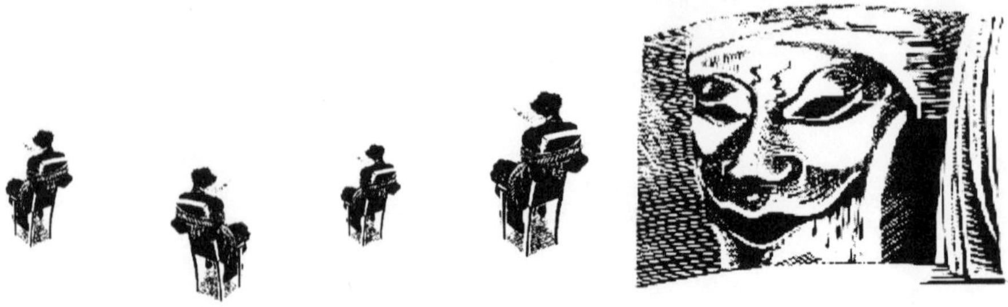

年接近他時，他突然回頭看著他們。

甚至還用令人害怕的新月形的嘴，對著他們笑！

少年們呆立原地，無法動彈。蒼白的臉盯著對方金色的臉看。

這時，聽到奇怪的嘶啞聲音。金面人開口說話了。

「嘿呵呵呵……，喂！你們竟敢跟蹤我，真是勇氣可嘉。但我不是人，我就像鳥一樣，可以自由自在的在天空中飛翔，所以，你們無法追蹤到我。嘿呵呵呵呵……」

說完後，怪人突然掉頭跑了起來。金色的披風隨風飛揚，就像妖怪一樣快速的奔馳著，瞬間消失在黑暗中。

直到對方不見蹤影，兩名少年才回過神來，趕緊追上前去，看到了高三十公尺的大櫧樹。

抬頭往上看，雖然四周沒有風，但是櫧樹的樹梢卻一直在晃動著。

「奇怪！難道那傢伙爬到樹上去了嗎？」

高橋說著。

這時，從佛堂那兒看到穿著白色和服、負責守衛的年輕和尚氣喘呼呼的跑了過來。

「喂！剛才那個金色佛像跑到哪兒去了？我已經通知警察來抓他了……」

高橋用手指著櫧樹頂端說：

「瞧！樹晃動得如此厲害，這傢伙可能爬到那裡去了。」

和尚看著櫧樹樹梢，但因為四周有些昏暗，所以看不清楚。

這時，樹梢傳來巨響，有金色的東西咻——飛向空中。

啊！是那個傢伙！金面人飛到空中去了。

怪人雙手伸向前方，採取如跳水般的姿勢，整個身體彈向天空。身上金色的披風隨風晃動，宛如電影裡的超人。金色的超人，高高的飛向黑暗的天空。

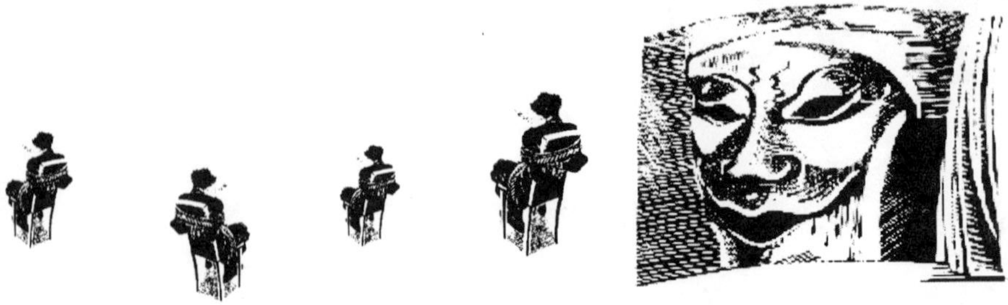

兩名少年與和尚張大了嘴，目瞪口呆抬頭看著這一幕。金面人漸去漸遠，身影愈來愈小，終於變成了金色的星星，瞬間消失在黑暗的天空中。

第二天的早報，當然大肆報導這件怪事。

高橋和丸山兩人在學校被眾人包圍著，大家爭相詢問有關金面人的事情。

新月形的微笑

又過了一週，東京也同樣發生了可怕的事件。

這天晚上，少年偵探團的團員木下和宮島來到世田谷區一家叫皇后的小電影院，兩人坐在觀眾席上觀賞電影。

他們都是小學六年級的學生，雖然才剛加入少年偵探團不久，但已經成為正式的團員，所以，兩人的胸前都別著BD徽章。

為什麼會到這家小電影院來看電影呢？因為電影院的招牌上寫著「懷念電影週」，而今晚要播放的是十年前曾經轟動一時的「金面人」的電影。

京都的高橋少年看過由羅蘋假扮成『金面人』一書所拍成的電影。而這兩名少年只看過那本書，並沒有看過電影，因此，在看到皇后電影院招牌的廣告之後，就想要來觀賞這部片子。

故事就從陳列在上野公園博覽會中，由幾千顆珍珠鑲成三十公分的小寶塔被金面人偷走開始，上演著各種不同的場面。而在某個場面中，只看到金面人的臉於螢幕上出現了大特寫。

那是比普通人大上幾千倍的巨臉，而且還是金色的臉，就好像戴了能劇面具似的，讓人感到害怕。

臉上的嘴彎成了新月形在那兒笑著。張開的嘴巴變成新月形細小的

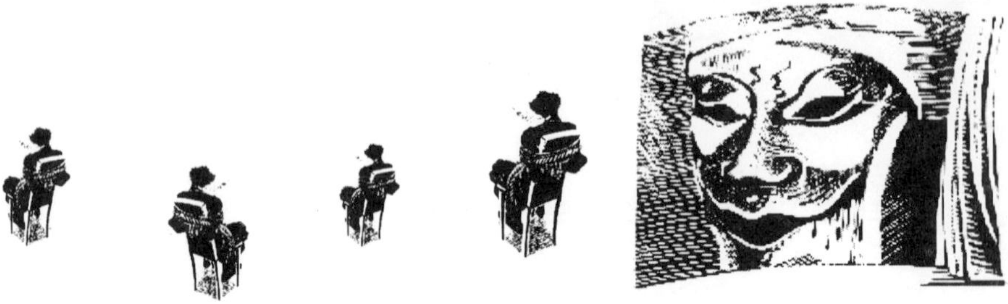

洞，裡面應該有牙齒和舌頭，可是卻什麼都看不到，只看到一片漆黑。

這時，音樂也停了，沒有聽到任何聲音，觀眾席上的人全都屏氣凝神的看著這一幕。

突然，觀眾席的角落傳來哇的叫聲，劃破了寂靜。原來是有女性觀眾因為過於害怕而驚聲尖叫。

觀眾們在聽到這個聲音時，都嚇得毛骨悚然，接著似乎又覺得很難為情似的哄堂大笑。看來人在害怕時也可能會笑呢！

然而笑聲卻在瞬間停止，因為螢幕上又出現可怕的畫面。

金面人在整個螢幕上笑著，新月形嘴巴的右邊角落流著紅色液體。這並不是一部彩色電影，而是黑白電影，在沒有顏色的畫面上，竟然流出鮮紅色的液體。

是血！

令人害怕的新月形嘴巴，竟然流出鮮紅色的血。

金面人又無聲的笑著，而口中還不斷的流著血。

雖說不是彩色電影，但是，如果用放大鏡觀察每一張膠捲，並塗上小小的顏色，也許就能製造出這種效果。不過如果希望畫面有顏色，那麼，可以直接拍成彩色電影，又何必這麼大費周章呢？

事實上，這部電影並沒有著色，而且也只有今天晚上播放時才流出鮮紅色的血。

這讓觀眾們嚇得落荒而逃。但最驚訝的人，莫過於播放電影的工作人員了。

看到血而覺得驚訝，所以將機械關閉，並且取出膠捲仔細檢查。這時，場內的燈也點亮了。

螢幕上的大特寫霎那間消失了，觀眾席上也亮了起來。每位觀眾都懷疑自己是不是瘋了，因為不可能會播放這麼可怕的電影！

當螢幕上的畫面消失，整個場內變得明亮時，眾人都覺得如夢初醒

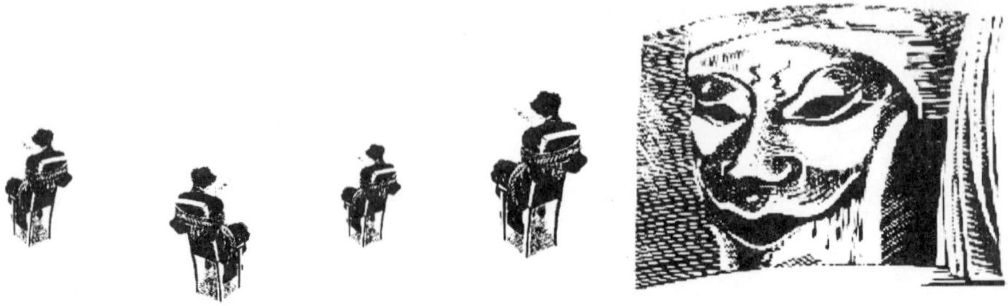

一般。

少年偵探團的木下和宮島，坐在觀眾席前看著這部怪電影，心想這可能與犯罪有關，反而忘記害怕，開始環視整個場內。

就在這個時候！

觀眾席上傳來哇的大叫聲，觀眾們全都奔向電影院的入口處，奪門而出。

這也是無可厚非的事情，因為在螢幕前的舞台上，此刻發生了可怕的事情。

啊！原來螢幕前出現了可怕的怪物！

是和電影中的金面人長得一模一樣的傢伙。對方就這樣的突然穿透螢幕，變成實體而出現了！

金色臉的頭上裹上金色的頭巾，肩上披著披風，穿著金色的褲子、金色的鞋子，就這樣的站在螢幕前俯看著觀眾席。

電影院的人，從觀眾席的後方看到這一幕時，嚇得趕緊報警求救。不到三分鐘，在附近巡邏的警車聞訊趕了過來，兩名警察迅速跑進電影院內。

現場的騷動實在是難以形容！兩名警察好不容易通過走廊，跑上舞台。但就在這個時候，金面人卻跳到觀眾席上，穿梭於座位中，朝入口處跑去。

還留在現場的觀眾們，心想若不幸被金面人抓住，可就糟糕了！於是趕緊讓路給他通過。這一讓，卻造成後面的人有的人跌倒，有的孩子發出了哭泣的聲音，當然，也有女人的尖叫聲，真的是非常的吵鬧。

木下與宮島兩名少年，也深陷其中。不過，即使是身為少年偵探團的團員，遇到這樣的怪物，也是無技可施，只能眼睜睜的看著這場騷動的發生。

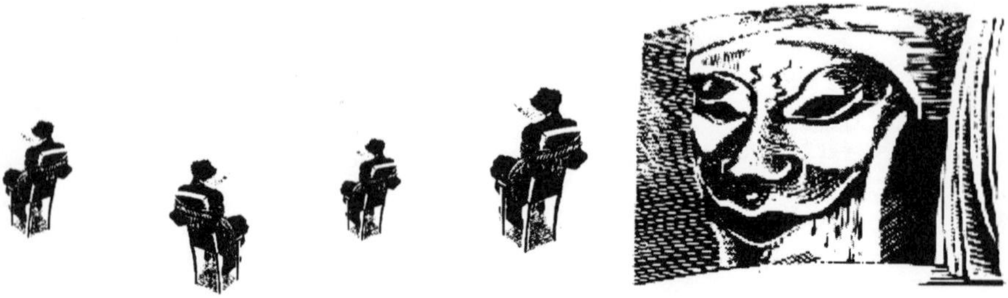

金面人跳到觀眾席上後，並沒有跑向大門，反而奔向二樓觀眾席的樓梯，打破二樓的窗戶，逃到屋頂。

這時，外面的路上擠滿了逃出來的觀眾以及看熱鬧的人群，整條路擁擠到連汽車都無法前進。

但是，金面人並沒有看向群眾，他那新月形的嘴只是笑著。來到了屋頂的角落，伸手攀住屋頂的邊緣，縱身一跳，就好像蜥蜴一般，安全的抵達隨時都可能讓人滑落的大屋頂上。

兩名警察也爬出窗外，來到了屋頂，但卻無法攀上大屋頂。這時的金面人彷彿特技演員似的，身輕如燕，一般人無法模仿他的動作。

不久，聚集在電影院前面、紛紛抬頭望著屋頂的群眾們，尖叫聲此起彼落。

眾人全都抬頭望著夜空，大叫出聲，每個人都凝視著比屋頂更高的天空方向。到底發生了什麼事情呢？

哦！原來正在進行空中飛行表演。金面人金色的披風隨風飄揚，目標成一直線的指向南方，然後就像超人似的飛向夜晚的天空。

天空中繁星閃爍，但在下方，則有比星星更美的黃金鳥人，快速的飛翔著。

在眾目睽睽之下，不久，金面人的身影愈來愈小，最後，終於消失在星空中。

黃金魔術師

恐怖王假扮成金面人怪物，從電影院的大屋頂，冉冉飛向星光燦爛的天際。

在此之前，電影院的螢幕上播放著金面人流血的大特寫。原本是黑白電影，卻有血從戴著假面具的新月形嘴巴中流出，而且是鮮紅色的。

後來經由調查，得知恐怖王偷走了電影的膠捲，並用放大鏡觀察每一格膠捲，塗上紅色顏料後，再偷偷放回電影放映室。因為凝結的紅色顏料慢慢的溶化流出，所以，在播放時就好像是在滴血一樣。

雖然知道這一點，但卻沒有人了解假扮成金面人的恐怖王，為什麼能夠在空中飛翔，難道他是魔術師嗎？

在發生這個事件後，經過了一週，目黑區的片桐家，發生了可怕的事情。

片桐家是位在寂靜住宅區的一棟大洋房。家中有兒子一郎和女兒御代子。一郎就讀小學六年級，而妹妹御代子則是小學三年級。

有一天晚上，兩人在房內的書桌前看書，突然發現窗簾打開的玻璃窗外有一道光芒閃爍。即使在看書，但卻可以從眼角的餘光察覺到這道光芒。

「那是什麼？」

「咦？真奇怪！好像有光亮在閃。」

但是望向窗外時，並沒有發現任何東西，所以兩人又開始看書。

不久，又是一道光芒閃爍。一郎從椅子上起身，來到窗邊，觀察外面的情況。外面一片漆黑，廣大的庭院中空無一物。然而，此時怪物早已躲在窗下，只是從房內看不到他而已。

兩人繼續看書。接著，第三次看到光亮一閃。這一次光亮並沒有消失，一直停留在窗外。

御代子驚訝的大叫著，手緊抓著一郎。一郎則從椅子上站起，拔腿就跑。

哇！原來一張可怕的臉，正貼在玻璃窗上。

閃爍著金色的光芒，就好像戴著能劇面具一般，那是一張非常可怕的臉。臉上的嘴正彎成新月形在那兒笑著。

一郎突然想起前些日子報紙所刊載的，關於金面怪物的消息。

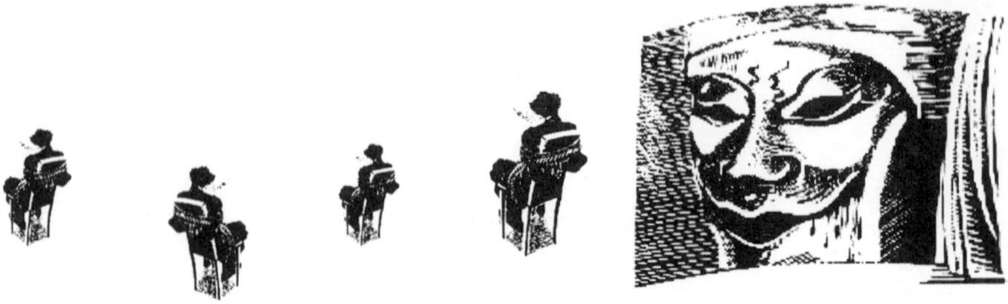

那傢伙一定是金面人！而且就站在窗外。

「哇……」

一郎發出可怕的叫聲，拉著御代子的手，迅速跑到走廊，衝進爸爸的房間。

「爸爸！糟了！金面人……」

「什麼？金面人……」

「就在書房窗外，他正在偷看著我們。快！快通知警察！」

父親片桐先生，叫來了兩名書生（寄居在別人家中幫忙做事的讀書人），讓他們去搜查庭院，自己則趕緊打一一〇電話通知警察。

兩名書生拿著手電筒和木刀，來到伸手不見五指的庭院中。庭院中大樹林立，勇敢的書生們拿著手電筒在樹林裡搜尋著。

「啊！在那裡！」

一名書生小聲的說著，同時將手電筒的光朝某個方向照去。

這時，躲在樹幹後的怪物，突然全身暴露在光芒中。

金色的披風、金色的臉、金色的頭巾、金色的衣服和褲子，嘴巴彎成新月形，就站在那兒笑著。

兩名書生看了之後，倒退了幾步。

「呵呵呵……，告訴你們家的主人，從今天算起三天後，也就是十三日的晚上十點，我一定會來拿走片桐家的寶物，知道嗎?這裡的美術室收藏了國寶級菩薩像，我要得到它，我一定會履行約定，叫他小心一點！」

金面人話一說完，立刻掉頭朝庭院的深處跑去。

兩名書生看到對方逃走，突然鼓起勇氣。

「啊！等等！不要逃！」

兩人連忙追趕怪物。

「啊！越過圍牆了！」

金面人輕鬆的跳上高高的水泥牆，回頭看著兩人。

「嘿呵呵呵呵……」

新月形的嘴正裂開笑著，然後跳過圍牆。書生們雖想極力追趕，但卻無法跳過圍牆。金面人身手矯健，一般人是無法模仿的。

「與其在這兒磨蹭，還不如繞到門那邊去追他。」

一名書生說完，便拔腿跑向門的那頭，另一名書生則趕緊跟上。

跑出大門之後，巡邏車也趕到了，兩名警察下了車。

「啊！警察先生，金面人剛剛跳到圍牆外，往那兒跑走了。快去追吧！」

書生跑到警察的面前說著，然後又跑到圍牆外的小巷裡。

「他從這兒跳下來的，應該還跑不遠……」

這時，對面黑暗中有人走了過來。

一名書生趕緊用手電筒照向對方。

原來是個彎腰駝背、年約七十歲左右的老爺爺，身穿卡其色骯髒的衣服，腋下挾著包袱，拄著枴杖，朝向這邊走來。長長的頭髮都白了，嘴與下巴留著斑白的鬍子。

「喂！老爺爺，你有沒有發現金色的傢伙從這面圍牆上跳下來？」

當書生詢問時，老爺爺勉強的直起腰，很訝異的看著手電筒。

「喔！那傢伙呀！往那裡跑去了，你是說那個從頭到腳都是金色的傢伙嗎？」

說完，手指著身後。

「謝謝你！我們往那邊去追吧！」

於是，四個人立刻順著老爺爺所指的方向前去追趕。

老爺爺依然拄著拐杖走著，但同時也發出了低沈的笑聲。

「嘿呵呵呵呵……」

為什麼要笑呢？有什麼不對勁嗎？難道他……。

警察和書生一直跑到遠處找尋，但就是沒有發現金面人，於是只好放棄，返回片桐家。

「真奇怪！就算對方腳程再快，也不可能在大街上瞬間消失蹤影。真的是太怪異了！不可能沒有發現到他呀！」

一名書生自言自語著，而另一名書生好像突然想到什麼似的，停下腳步說道：

「啊！對了。剛才那個老爺爺真可疑。既然金面人就好像魔術師一樣，那麼，他當然也可以假扮成其他人。或許之前那個老爺爺就是他假扮的，金色披風和其他東西全部都裹在那個包袱裡面了……」

閣樓的少年們

三天之後，也就是金面人預告要偷走片桐家國寶級佛像的十三日下

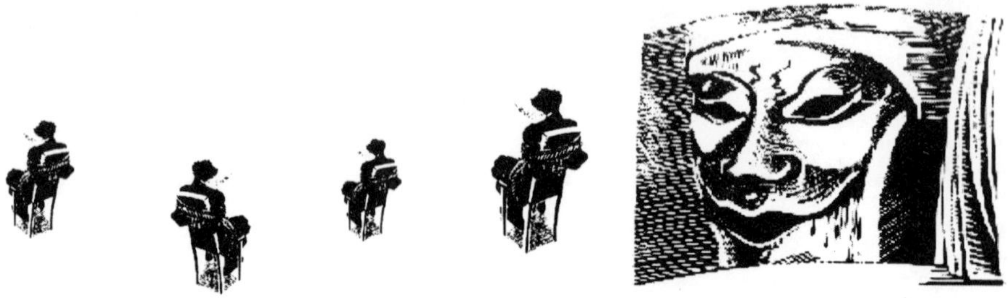

午。

這裡是麴町的明智偵探事務所。明智偵探有要事前往福井縣，少年助手小林和少女助手花崎植負責留守。

大約在下午三點半時，電話鈴聲響起，小林接起電話，原來是明智偵探打來的。

「我在中午已經回到東京，我拜託的男子在新宿車站等我，並向我報告金面人的行蹤。現在我必須要去確認。金面人傍晚七點會出現在渋谷區的一棟空屋裡，所以，我想請你們少年偵探團幫忙。儘量用電話多通知一些人，並在下午六點以前到空屋去，也請青少年機動隊多帶一些人來，知道嗎？」

然後詳細告知前往渋谷區空屋的路線。

「小植，是老師打來的，他已經知道金面人的藏身之處了。」

「咦？先生是什麼時候回來的。」

「今天中午吧！之前他已經掌握了金面人的行蹤。」

小林就像是自個兒立了大功似的，驕傲的說著。

兩人是在報紙上，而且是在金面人約定要偷走片桐先生佛像的日子才知道金面人事件。

小林趕緊打電話召集少年團員，並請他們趕緊去通知沒有電話的團員以及青少年機動隊的團員。

經過聯繫之後，立刻聚集了十名少年團員以及七名青少年機動隊隊員。大伙兒在下午五點到達明智偵探事務所。

小林少年拜託小植留守，自己則帶著十七名少年搭乘都電（當時的都電是市民重要的交通工具）以及地鐵抵達澁谷，連忙趕往明智老師所指定的空屋。

這個空屋位於距離澁谷車站一公里的寂靜住宅區內，少年等人搭乘巴士來到附近。在約定的六點時，全都聚集在空屋前。

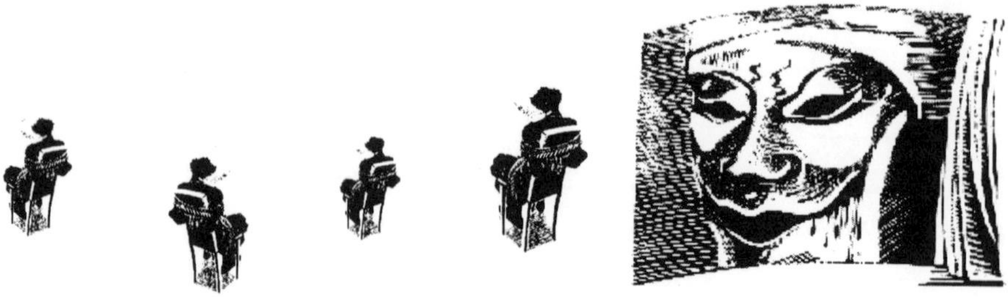

這是用磚牆圍繞的三層木造洋房，是一棟讓人覺得有些可怕的古老建築。

天色已經微暗，依稀可見身穿黑色西裝的明智偵探在空門前等著。

「老師。」

小林叫著跑了過去，明智偵探立即用手指抵住嘴巴，示意他們不要說話。使了個眼色之後進入大門內，走在石板路上。正面的門並沒有上鎖，推開門後進入洋房中。

裡面一片漆黑，看來電燈已經被關上了，即使找到開關按下，電燈也仍然沒有亮。

「應該有帶手電筒吧！」

明智偵探說著，小林立刻從口袋中掏出筆型手電筒，打開開關。其他少年也一一拿出筆型手電筒，這是少年偵探團的七大道具之一。

在許多支手電筒的照射之下，屋內立刻變得明亮。

「佩服！佩服！大家都沒有忘記七大道具。」

明智偵探說著，先行通過走廊，爬上樓梯。從二樓爬到三樓，在快到盡頭的地方，看到了另外一段樓梯。雖然將其稱為樓梯，但卻比一般的樓梯更窄，是非常狹窄的樓梯。

爬上梯子，其頂端安裝了一個大蓋板。將蓋板往上掀，露出了黑色的洞口，上面則是三樓的閣樓。

「我們要進入這個閣樓裡嗎？」

當小林詢問時，明智偵探說：

「嗯，是呀！」

於是十七名少年全都進入閣樓內。

天花板依舊保持屋頂的形狀，有一邊非常矮，人站起來幾乎會撞到頭。支撐屋頂的大木頭裸露在外，另一邊則有小窗子可以透入光亮。

明智偵探讓少年們走進閣樓，自己則站在入口的蓋板旁。這時，他

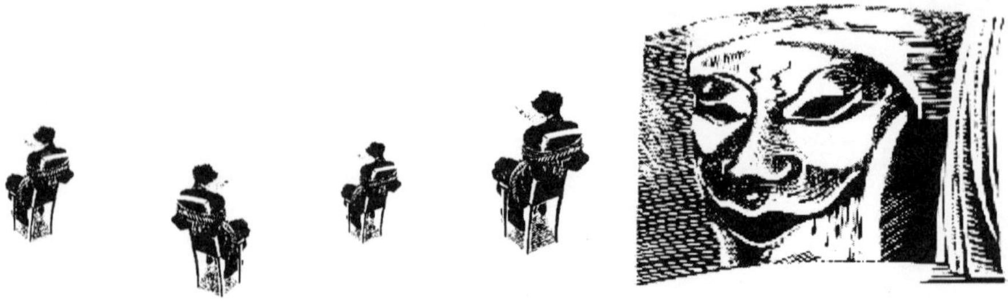

好像想到什麼似的，自個兒在那兒笑著。

「嘿呵呵……，真有趣呀！你們要被關在這個閣樓裡啦！」偵探說著奇怪的話。

大家都覺得很不尋常，這到底是怎麼一回事呀！

「老師，你為什麼在那兒笑呢？有什麼好笑的嗎？」

小林覺得很訝異，詢問明智。

「嘿呵呵……，難道你不知道嗎？」

「咦！知道什麼呢？」

「你剛才一直叫我老師，為什麼你會認為我是明智先生呢？」

愈來愈奇怪了！為什明智老師會這麼說呢？

「嘿呵呵……你們都被騙了！你們猜猜看我是誰呢？我是變裝名人，我可以假扮成明智偵探，也可以假扮成任何人喔！」

這已經不再是明智偵探的聲音，而是大家都不曾聽過的嘶啞聲音。

難道這個人不是明智老師嗎？難道他是……。

「嘿呵呵呵……，你們的表情可真奇怪！看來你們應該發現了。沒錯！我不是明智偵探！那傢伙還在福井縣遊蕩呢！」

「那麼，那通電話是……」

「是呀！那是我假裝成明智的聲音打的電話。」

「啊！那麼你是……」

「我就是大盜恐怖王呀！最近大家也稱我為金面人。今晚我要去偷片桐家的國寶佛像，但是，我想片桐會打電話到明智偵探事務所，為了不讓你們破壞我的好事，我不得不先下手為強，把你們關在這裡。哈哈哈哈！我也是小心謹慎的人喔！看來你們就只好暫時在這裡好好休息吧！……再見了！」

說完之後，假扮成明智的怪人，快步走向入口下方的梯子，啪的一聲放下了蓋板，並從下面上了鎖。原來事先已在蓋板上安裝了鎖。

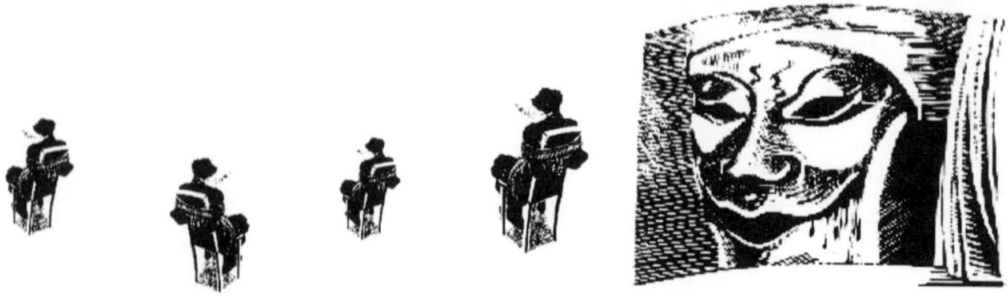

小林少年「啊！」的大叫著，趕緊跑向蓋板，想用雙手拉起蓋板，但蓋板卻一動也不動。

「大家快來幫忙打破這個蓋板！」

於是眾人聚集在蓋板周圍，拚命的敲打、踢、砍，想要把它打破。但這是以厚木板打造而成的堅固蓋板，豈是那麼容易被打破。

而且就算打破蓋板，對方也可能躲在暗處觀察情況。與其如此，還不如靜下來，想想有沒有可以對付敵人的好計謀。

小林手臂交疊的閉目深思著。

不久，好像想到什麼似的，眼睛閃耀著光芒。

「啊！我有好方法了！大家都有隨身攜帶七大道具嗎？在你們的腰間應該都纏繞著用黑絲線製成的繩梯吧！」

聽小林這麼一說，少年團員們都異口同聲說道：

「有呀！」

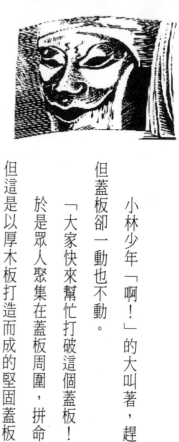

「帶來了！」

「好！那麼就將三條繩梯接在一起，這樣應該就可以到達地面。大家就從這個窗子依序沿著繩梯爬下去吧！」

「嗯！這是個好辦法……」

大家都贊成小林的提議。

「但不是現在。那傢伙可能還躲在什麼地方窺視著，我們還不能馬上行動。」

小林說著，走近窗邊，悄悄推開玻璃窗往下看。

外面已是夕陽西下的時刻，可以看到遙遠下方模糊的地面。

這是長滿雜草的廣大庭院。

既然是洋房，房子外牆的中途應該沒有屋頂突出，而是直通到底，所以高度非常高。

少年偵探團所使用的道具雖說是繩梯，但其實只是以絲線綁成的繩

子。在每間隔三十公分綁上珠子，以腳趾勾住珠子攀爬。這也是宛如特技般的行動。

而這就是接下來少年們必須在黑暗中進行的冒險。

大格鬥

少年偵探團規定，較小的團員不能隨意使用繩梯，因此，只有小林團長和就讀中學的團員，能夠將繩梯纏在上衣內的腰部，隨身攜帶。這種繩梯是用絲線製成的，纏繞起來非常細，就算是纏在腰際，從外表上也看不出來。

這裡正好有兩名中學的團員，再加上小林團長，剛好足夠連接三個繩梯。於是，他們將繫好的繩梯扔到窗外，打算讓團員們陸續沿著繩梯爬到地面。

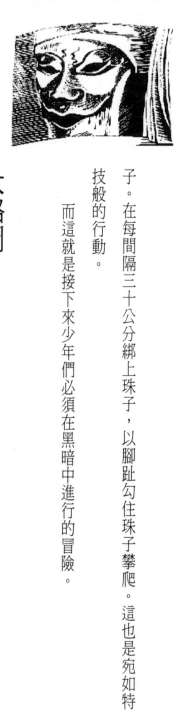

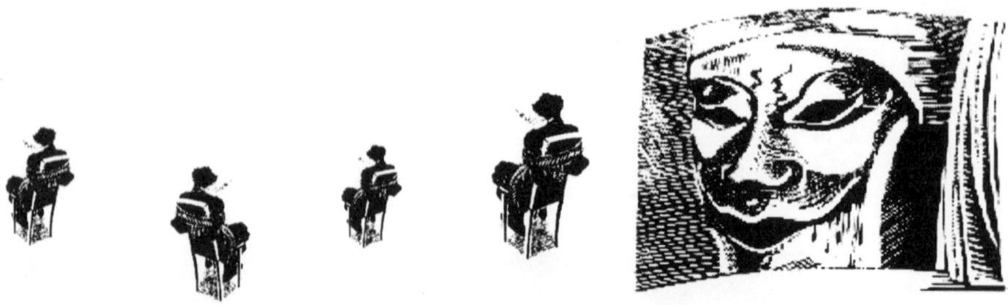

繩子一端連著的鐵鉤牢牢的勾在窗邊，首先由中學的團員沿著繩梯往下爬。

繩梯每隔三十公分就綁著一個大珠子，用腳趾夾住珠子，就可以往下爬。因此，大家都將襪子脫掉塞在鞋子裡，再將鞋子掛在腰際。

接著爬下去的是小學的團員和青少年機動隊，另一名中學少年摻雜其中以便協助小學團員們，最後才是小林團長。

大伙兒終於到達了地面。

此時天色已暗，從圍牆外看不清楚裡面的情況。恐怖王的手下可能沒有在庭院裡監視，所以十七名少年平安無事的走出門外。

繩梯依然掛在窗邊，如果只有一條繩梯，只要從下面搖晃就可以鬆開，但因為是三條連在一起，所以很難收回。雖然覺得可惜，也只好將繩梯留下了。

少年們立刻搭乘巴士，趕往位於目黑的片桐家。今晚十點恐怖王要從片桐家的美術室偷走國寶級佛像，少年偵探團一定要阻止這件事情的發生。明智先生不在，所以他們要代替先生與怪人格鬥。

大家在八點半時趕到了片桐家的圍牆外。距離十點還有一段時間，但恐怖王可能在此之前就已經偷偷溜進片桐家了。

少年們分散開來，紛紛躲在片桐家圍牆外的黑暗處監視著。

靠近門的地方，躲著小林少年和兩名中學的團員。他們從巷子的轉角和電線桿後面偷窺門的方向，可以看見門內有兩名警察來回巡邏著。

忍耐了三十分鐘，等待警察通過。這時，從片桐家的門內看到五個黑色的小矮人聚在一起，加快腳步跑了出來。其中三人穿著黑色緊身衣褲，而且看到一個金色的傢伙。

「啊！金面人！」

小林在心中吶喊著。

但卻又覺得很奇怪，金色傢伙好像受傷了，全身無力的由三名黑色

的傢伙扛著。三個人從三個方向扛著他快步走著。

四個人走出了大門，但在他們身後，又有一個矮小的黑傢伙跳了出來，跟在四人身後，好像在跟蹤他們似的。

「啊！是口袋小鬼！真是太棒了！」

小林自言自語的說著。原來是青少年機動隊的口袋小鬼。他因為身材嬌小，甚至可以裝進口袋裡，所以才有這樣的綽號。其實他很大膽，是個聰明的少年，經常為少年偵探團建立功勞。

小林團長讓口袋小鬼獨自一人進入門內監視，他之前一定就是在跟蹤那些可疑的人。

金面人一行人和口袋小鬼繞到對面黑暗的巷道裡，轉彎之後，兩名警察從門內跑了出來。

金面人恐怖王的確來了！今晚片桐家有三名警察負責看守，其中兩人因為知道怪人逃走，於是追了出來。

警察們看看四周，並沒有發現什麼可疑人物，不知該如何是好。正當徬徨的時候，躲在電線桿後面的小林少年跳了出來。

看到小林，警察們以為是可疑的傢伙，擺好了陣勢準備要對付他，但小林趕緊跑到警察身邊，對他們耳語著。

「是嗎？從哪兒逃走的？」

「就是這裡。」

小林少年說著，跑在兩名警察的前面，朝著之前怪人一行人消失的巷子跑去。

轉個彎，又跑了一會兒，來到了狹窄巷子的入口，看到全身漆黑打扮的口袋小鬼站在那裡。在看到小林少年之後，口袋小鬼立刻跑到小林少年的身邊，附耳說了一些話。

「這個巷子裡，有一棟沒人住的小小空屋，那四個傢伙好像跑到裡面去了。」

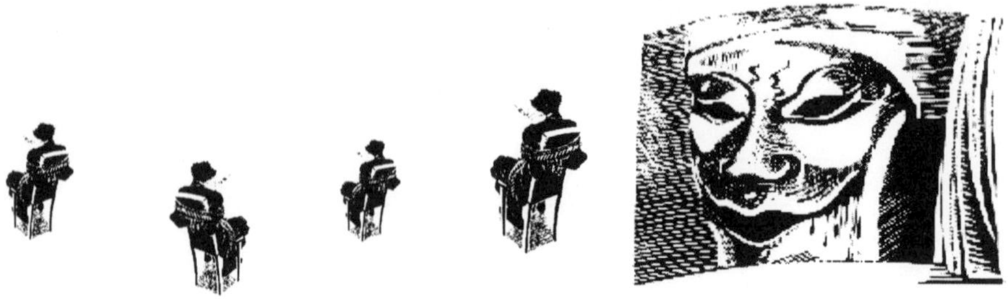

在小林說明後，兩名警察說道：

「好！我們兵分二路，從正門及後門包抄。你們在這裡很危險，還是不要接近比較好！」

警察說完，便朝著口袋小鬼所指的巷子跑去。

小林少年站在巷子的入口，從口袋裡拿出了哨子（召集眾人用的哨子），嗶嗶嗶的吹了起來。這是用來召集所有的少年偵探團員，也是偵探的七大道具之一。

一旦聽到哨音，其他的團員也會取出自己的哨子吹著，通知眾人。

小林吹了哨子之後，在片桐家圍牆外監視的少年們，也陸續吹響哨子，讓遠處的人都能聽到。

不久之後，小林的周圍聚集了許多團員。

小林少年將事情告訴團員們之後，將大家分成兩隊，準備分頭包抄空屋的正門和後門。

這時，在一片漆黑的小巷裡，突然出現像旋風一樣的怪物。

「啊！」仔細一看，原來是之前穿著黑衣服的三個人，但金面人卻不知去向了。

「喂，就是這些傢伙！大家快捉住他們！」

小林大叫著，同時撲向三人中的一人。

看到小林這麼做，十幾名團員也跟著撲向三人，在黑暗中展開大格鬥。

對手有三人，而這邊則有十幾個人，也就是一個大人應付四、五個小孩。但就算是小孩，也不能輕忽他們的力量。

有的孩子從後面跳上來，有的孩子則勒住壞人的脖子，有的則拉扯對方的手臂，甚至有的孩子咬著壞人的手腕。

「啊！好痛呀！畜牲。」

對方用力甩開孩子們逃走，但又被另一名少年給抱住了腿，結果身

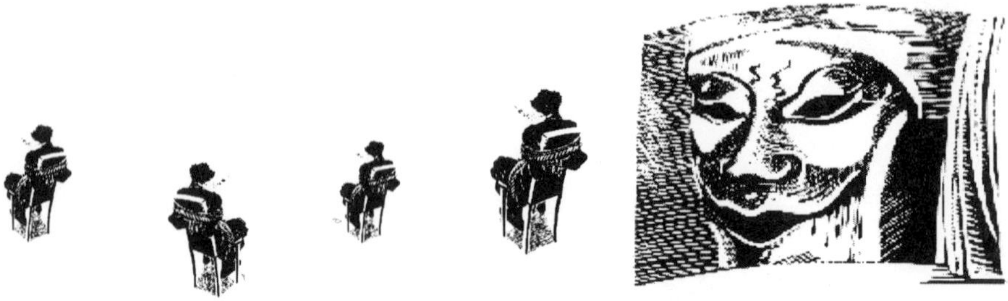

體倒在地上。

就算是力量強大的壞人，也慘遭修理。不過畢竟是一群孩子，沒有能夠阻擋壞人的力量。小孩一一被甩開，三名壞人趁著孩子們還來不及起身趕緊逃向黑暗中。

至於那兩名警察又如何呢？

少年們這麼勇敢的與壞人格鬥，為什麼警察不來援救呢？真是太奇怪了！

啊！原來在空屋裡面還有金面人恐怖王，兩名警察可能正在和金面人作戰吧！

三名壞人逃走後，少年們乏力又失望的蹲在巷子入口。有的人倒在地上，有的人根本無法爬起身。還能動的孩子，拼命揉搓摔疼的屁股，所幸大家都沒有受到重傷。

這時，從小巷裡又鑽出一個小小的黑色身影，原來是口袋小鬼。

口袋小鬼在黑暗中找尋小林團長，然後跑到他的身邊竊竊私語著。

「咦？金面人他……」

小林驚訝的站了起來。

「是呀！所以警察叫大家趕快過去。」

事實上，接到了可怕的消息，到底金面人發生什麼事？

「好！大家趕快過去瞧瞧！」

小林團長召集少年們，趕緊前往小巷中。

啊！空屋裡到底有什麼東西等待著他們呢？是不是發生了可怕的事情？還是……。

晚上十點

這裡是片桐家的美術室。

主人片桐先生和兩名書生，坐在美術室中間的椅子上，環視整個房間。當然，這麼做是為了保護國寶級佛像，以免被恐怖王偷走。片桐的孩子一郎與御代子和母親一同待在餐廳裡，還沒有就寢。穿著西裝的警察跟在他們的身邊，否則萬一兩名孩子被恐怖王擄走，那麼情況恐怕會變得更糟。

穿西裝的警察，並沒有察覺到兩名穿制服的警察，已經追趕金面人一行人到了門外。同樣的，在美術室裡的三人也毫不知情。

在約定的十點前，為什麼金面人和手下會從片桐家逃走呢？這到底是什麼原因呢？

在美術室內的片桐先生與兩名書生，一直忍耐著，持續打起精神監視這個房間。

已經將近十點了。在四周一片寂靜的房間裡，只有架子上的座鐘發出滴答滴答的聲響。座鐘的指針指著九點五十分，時間在滴答滴答的聲響中慢慢的流逝。

九點五十五分。……九點五十七分。

三個人目不轉睛的看著站在對面牆邊、如大人一般高的金色佛像。

這尊國寶級的菩薩像是奈良時代的傑作，栩栩如生，打造得非常精巧。臉龐莊嚴，身體圓潤，射出金色的光芒。

恐怖王要如何偷走這麼大又重的佛像呢？現在已經是九點五十九分，只剩下一分鐘了。

滴答！滴答！不停的傳來秒針走動的聲音。

還有三十秒……二十秒……十秒。

噹！噹！噹！……座鐘敲響十點。

但是，並沒有發生任何事情，恐怖王似乎已經放棄偷走國寶級佛像的念頭。

三個人看著佛像，似乎安心了不少。

這時，三個人凝視著的金色佛像，臉上突然笑了起來。

三個人頓時嚇得無法動彈。佛像在笑！歷經千年的佛像竟然栩栩如生的笑著！

這真是不可能的事情！難道是自己眼花看錯了嗎？

但是，不可能三個人都同時看錯呀！

接著，又發生了更詭異的事情。

金色佛像竟然動了起來！

「哇哈哈哈……」

啊！佛像發出可怕的笑聲，而且是晃動整個身軀的笑著。

「哇哈哈哈……怎麼樣？你們嚇了一跳吧！你們都忘了我可以假扮成任何人！喬裝假扮可是我的看家本領，你們都沒發現我假扮成佛像吧！哈哈哈哈……」

說著便走下展示台，朝眾人走來。此時，金色佛像竟然在走路！

片桐三人因為驚嚇過度，一時間無法開口說話，只能夠呆坐在椅子上，茫然的看著佛像。

怎麼樣？你們難道還不知道恐怖王的計謀嗎？讓我來為你們解答吧！我假扮成佛像，而真正的佛像早就被我偷走了！

昨天我就已經偷偷的溜進來移走佛像，把它藏在庭院的庫房裡。今晚我的手下再潛入庭院，取出放在庫房裡的佛像，神不知鬼不覺的把它運走了。

我們約定的時間是在晚上十點，所以在此之前，我一定要在這裡假扮成佛像才行。因為如果佛像在十點之前消失，那麼就會破壞約定，所以我只好履行約定。

也就是說，我假扮成佛像，目的就是為了讓你們安心！

哈哈哈……，到了十點，我就會主動公佈自己的真實身份。現在我已經履行約定了。在此之前，佛像一直都站在這裡的呀！哈哈哈……」

怪人恐怖王非常得意，假扮成佛像欺騙眾人，似乎讓他感到非常愉快！

呆若木雞的三個人，若能鼓起勇氣撲向恐怖王，那麼，三敵一是有機會制服他的。只是片桐先生和兩名書生都因為佛像竟然像妖怪一樣會動，早已被嚇得失去活動的能力，也失去了勇氣。

這時，又發生了奇怪的事情。

在恐怖王佛像的笑聲即將消失的時候，又聽到了另一個笑聲傳來。

「哇哈哈哈哈……」

比恐怖王的聲音要小一些，就好像是山谷中的迴音似的。但是在這棟住宅裡，怎麼可能會產生迴音呢？

三個人驚訝的看著佛像的嘴巴，但是嘴巴的確是緊閉的。到底這個笑聲是從哪裡傳來的呢？

「哇哈哈哈哈……」

笑聲突然變大，聽起來應該是從身後傳來的。

三個人連忙回頭一看。

這時入口的門被打開，一名少年笑著站在那裡，原來是少年偵探團團長小林。

「啊！是你！……」

假扮成佛像的恐怖王，驚訝的看著小林。

「哈哈哈……，你打扮成明智老師，把我們關在閣樓裡，但是，我們卻逃出來了，而且還破壞了你的計謀。哈哈哈……，你應該感覺到了吧！你煞費苦心假扮成佛像，但是卻白費心機，哈哈哈……，你感覺到了吧！」

小林少年很愉快的笑了起來。

庫房

「為什麼說是白費心機呢？」

金面人驚訝的呆在原地。他非常了解小林少年的智慧，所以感到有些不安。

「哈哈哈……你的手下偷走了佛像，扛著佛像往外走，但我們少年偵探團早就等在一旁，而且追了上去。他們把佛像藏在空屋中，隨即又被我們奪回，現在兩名警察已經將佛像扛回來了。

你假扮成佛像想要欺騙眾人，但真的佛像已經被我們奪回，所以你的喬裝根本是白費心機，難道你還不明白嗎？哈哈哈……」

恐怖王聽了之後，真的非常驚訝！因為自己並沒有預料到佛像竟然會這麼快就被奪回。喬裝成佛像，的確已經不具任何意義了。

恐怖王沈默了一會兒，呆立不動，但是，他並不會輕易服輸。

終於又重新振作了起來，並且好像是在嘲笑眾人似的笑道：

「哇哈哈哈……小林和青少年機動隊的確很厲害，但你應該知道，我隨時都準備有絕招。哈哈哈……，不管青少年機動隊做了什麼事情，我都不會感到驚訝的。」

小林想到這時恐怖王可能會掏出手槍，因此擺好了姿勢加以應付。

對方也很快的察覺到這一點，說道：

「哈哈哈……我並沒有帶槍，因為我很討厭看到血，我是運用智慧的人，我的武器就是深不可測的智慧。」

「哼！別說大話！你有什麼智慧？」

小林也不服輸。

「就是這個。」

假扮成恐怖王的佛像大叫著，衝向小林。

因為速度太快了，小林幾乎快要被對方推倒，但還是在千鈞一髮之

際閃過了恐怖王的攻擊。

當小林轉過身時，恐怖王已經通過自己的身邊，像箭一樣的衝出玄關逃走了。

「大家快來！那傢伙逃走了！快去捉他……」

小林的叫聲傳遍了整個住宅，同時加快腳步想要追上恐怖王。

聽到這個聲音，片桐先生和兩名書生也如夢初醒，追了出去。

跑出玄關後，是一片漆黑的庭院。小林看看四周，但並沒有發現金色的佛像。

就在這個時候，原先在正門看守的兩名警察，已經扛回了真正的佛像，後面則跟著少年偵探團的團員以及青少年機動隊的少年們。

「假扮成佛像的恐怖王逃走了，有沒有看到他？」

片桐先生詢問警察。

「不！沒有看到可疑的傢伙！他什麼時候逃走的？」

「就在幾分鐘前，如果他從正門逃走，應該會與你們擦身而過。」

「那麼他一定不是從正門逃出去，因為我們並沒有遇到任何人。」

「喔！這麼說來，他可能還躲在這個庭院的樹林中。」

「大家分頭找找看吧！」

片桐先生、兩名書生、兩名警察，以及少年偵探團、青少年機動隊十七人中的七、八人（剩下的八、九人負責看守圍牆外），大家全都拿著手電筒，但單憑這些人，很難找到恐怖王。

在漆黑的廣大庭院中，手電筒的光就好像大的螢火蟲似的，在樹林間到處跳躍著，每個人都仔細的搜查任何一個角落。

其中一名警察帶著五名少年，從建築的側面朝著後門的方向前進。途中看到一名大人走過來，心想可能是恐怖王，於是，趕緊用手電筒照他。但是他並不是可疑的傢伙，而是負責看守後門的另一名警察。在三名警察中，有一人負責監視後門。

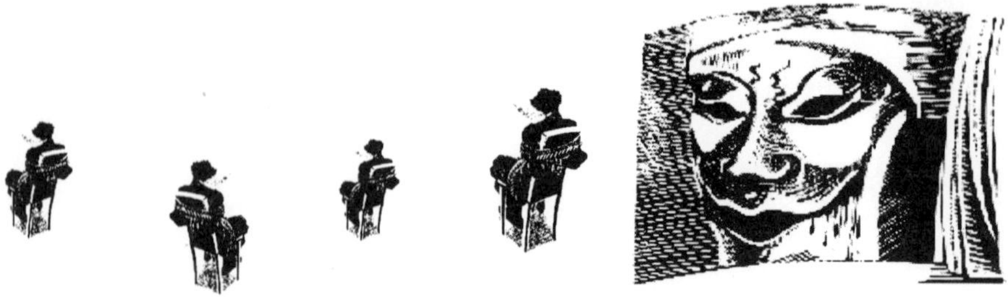

詢問這個警察是否有看到可疑的傢伙，同時對他說明恐怖王假扮成佛像逃走的事。

結果對方的回答是什麼也沒看到。

那傢伙就這樣消失的無影無蹤。

這時，小林揮舞著手電筒跑了過來。

「並沒有發現有人跳過圍牆逃走，少年偵探團與青少年機動隊剩下的成員正看守圍牆，不可能會有遺漏，那傢伙一定還在庭院中。」

這時小林突然壓低了聲音，靠近一名警察耳語著。

「嗯！可能是這樣。去看看吧！」

警察說著，又對另一名警察耳語著。此時，待在這兒的是兩名警察、五名少年和小林。

小林率先走到庭院的另一邊。

在距離正屋的不遠處，有用木頭建造的一間庫房。來到庫房時，小林躡手躡腳的接近門外，豎耳傾聽裡頭的動靜。

他認為恐怖王可能會躲在裡面。

就在這個時候。

庫房的門啪的突然被打開，一名奇怪的男子從裡頭鑽了出來。

少年們雖然想要逃走，但仔細一看，是完全不認識的另一個人。

這是一名身穿卡其色褲子、工作服，整張臉都留著斑白鬍子的骯髒男子。

「你！你是誰？」

小林大聲詢問。

「我是這裡的園丁呀！不是什麼可疑的傢伙。」

這麼說來，他應該是片桐家的園丁，老爹。

「剛才你在庫房裡做什麼？」

一名警察詢問。

「白天我將香煙遺忘在這裡，現在我來拿走。你看，就是這個！」

老爹說著，將手上的香煙拿給警察看。

然後頭也不回的離去了。

既然老爹已經到庫房裡去過了，那麼，裡面應該沒有躲藏什麼可疑的傢伙。

於是大家又到別的地方找尋。這時，小林好像突然想到什麼似的，「啊！」的叫了一聲，並且停下腳步。

樹上的人

「警察先生，恐怖王是變裝名人，也許……」

「咦！你是說剛才那個園丁很可疑嗎？」

「嗯！也許他是恐怖王假扮的。啊！對了！我有個好點子，不妨試一試。」

「你要調查他嗎？」

警察面露狐疑的神情，但小林卻不顧一切的打開門，進入庫房中。

他用手電筒搜查整個庫房，立刻有了發現。

「啊！果然不錯。警察先生，你看！」

聽到他的叫聲，兩名警察進入庫房中。

「你看這裡。」

小林手上拿著金色的假面具、金色的衣服、金色的褲子，這些全都是用來假扮成金色佛像的衣物。

「啊！那麼剛才那個園丁……」

「是的，他早就把園丁穿的衣服藏在這裡。一旦換好衣服，便從金色佛像變成了園丁。動作還真快呢！」

「糟糕！他會不會已經逃走了？」

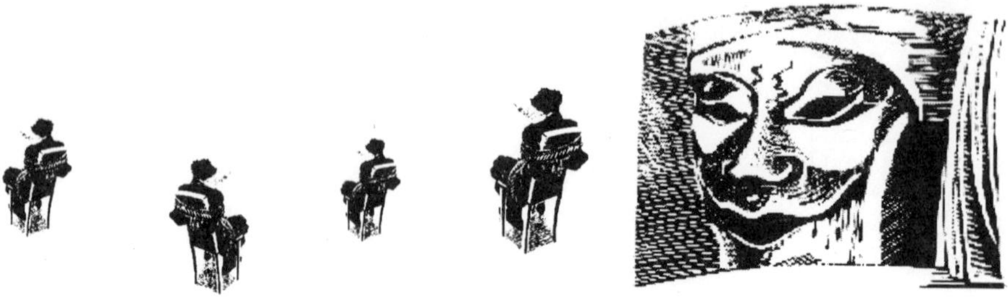

「沒問題的！在圍牆周圍有少年偵探團在監視著，如果逃走，應該會聽到哨子聲響，所以，他應該還在庭院中沒有逃走。」

「好，再去找尋看看吧！」

一名警察帶頭跑了出去，其他人則通知大家這件事情。

於是在一片漆黑的庭院中，手電筒宛如大螢火蟲般的光芒，四處照射。

「啊！在那裡！在那裡！」

小林少年發現了可疑的影子。

在手電筒微光的照耀下，看到剛才那位園丁跑到對面的樹林中。

嗶嗶嗶……，小林立刻吹起哨子。

不久之後，聽到「哇！」的聲音，正在庭院中搜查的人，不約而同全聚集了過來，其中包括片桐先生、兩名書生、三名警察，還有七、八名少年們。

大家異口同聲的大叫，追趕著園丁。

「啊！不行。他開始爬那棵高大的櫧樹了。」

哇！你看，園丁竟然抱著高達十公尺櫧樹的粗大樹幹，好像猴子一樣的往上爬。

大家全都聚集到樹下，許多支手電筒的光照著園丁。不久之後，他的身影消失在茂密的樹葉中。

「大家在這兒守候就沒問題了。只要爬到樹頂就無路可逃，等他累了就會自己爬下來。我們在這裡耐心的等待就可以了。」

警察輕鬆的說著。

但是，對方可是魔法師恐怖王，難道真的沒問題嗎？

這時，矮小的口袋小鬼跑到小林少年的身邊，對他耳語著。

「咦，對呀！也許會這樣。」

小林立刻發現到這一點，於是對警察說：

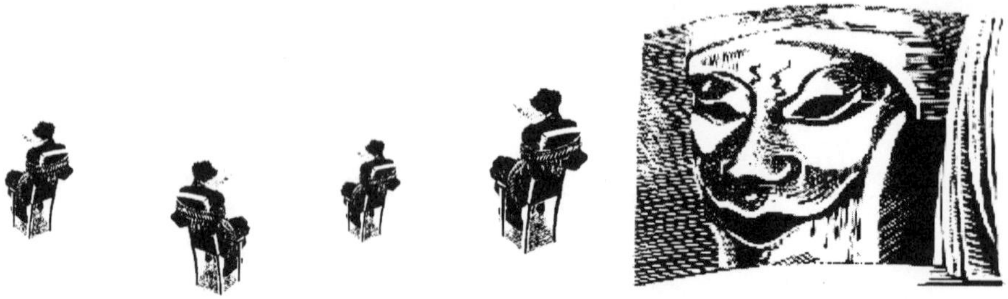

「糟了！那傢伙也許會飛到空中。他在京都三十三間堂爬到樹頂之後，飛到空中。而且這傢伙也曾經從皇后電影院的屋頂，飛上夜晚的星空，那傢伙是可以飛上天的。」

聽到小林這麼說，警察們也想起有這麼一回事。如果對方會飛到空中，那就捉不到他了。

所以，必須要趁著對方還沒飛走之際，趕緊爬到樹上去捉住他。但是，這裡並沒有人像恐怖王那樣擅長爬樹，而且沒有樹枝的滑溜粗大樹幹，怎麼可能爬得上去呢？

警察們只能大叫著「畜牲」，卻也無技可施。

但接著在樹上又發生了一些事情。

身懷絕技、假扮成園丁的恐怖王，爬上了枝葉茂密的樹端，就快要接近樹頂了。

但上方卻傳來奇怪的聲音，難道樹頂端有鳥嗎？不！這並不是鳥拍

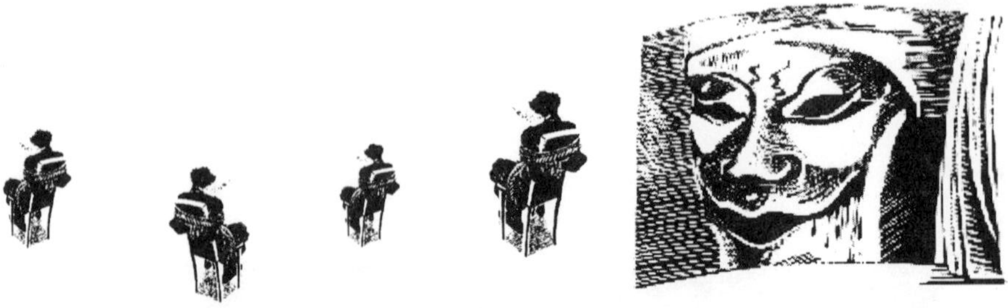

動翅膀的聲音，而是更大的聲響。

恐怖王嚇了一跳，停止往上爬的動作，豎耳傾聽。

對方還在移動著。

「誰？誰在那裡？是誰？」

恐怖王不禁大叫著。

啊！這到底是怎麼一回事呢？這時聽到上面傳來笑聲。

「哇哈哈哈……」

這是人類的笑聲！

恐怖王嚇了一跳，縮著身子。

「哈哈哈……。喂！待在那裡的傢伙，你的道具已經被我破壞了。你沒有辦法起飛了。」

恐怖王一聽更加震驚，頓時沈默不語。沒有想到竟然有人在樹頂端等著他，令他非常懊惱。他大叫著：

「你！你到底是誰？」

這時上面又傳來了笑聲。

「我是你最怕的人呀！哈哈哈……，你不知道嗎？我是明智小五郎呀！」

「咦！明智……」

啊！真是太令人感到意外了。在片桐家庭院的櫧樹頂端，竟然躲著名偵探明智小五郎，而且這件事連小林也不知道。

「哈哈哈……，就算是恐怖王，也感到非常驚訝吧！如果你是魔法師，那麼我也可以算是一位魔法師囉！

你謊稱我從福井縣回來，藉此欺騙小林，還把那些少年們關在閣樓裡。但是，不久之後我就真的回來了。

當我回到事務所後，留守的小植告訴我這件事情，我就立刻打電話給片桐先生，知道了事情的始末。

我還特別交代片桐先生，千萬不要告訴任何人我回來的事情。到了晚上，我再偷偷的溜到這個庭院，陸續搜查高大樹木的頂端。

你想我是在找什麼呢？就是好像小型直升機、能夠揹在背上的螺旋槳呀！哈哈哈……，我早就知道這一點了。五年前的那個大盜，得到了法國新發明的小型螺旋槳，並且早就在利用這個東西了。只要把機械安裝在背上，就可以在空中飛翔。當我看到這個機械，又聽說你能在空中飛翔，所以就想到了這件事。

終於讓我發現，在這個櫧樹頂端藏著這具機械。

哈哈哈！我這麼解釋你應該了解了吧！

你為了以防萬一，將這個螺旋槳藏在樹上，而我則先你一步，把螺旋槳給破壞掉了。」

明智的說明結束後，恐怖王懊惱的叫著：「畜牲！」並且企圖想要逃走。

但是，爬下樹，樹下早已被包圍，往上爬，又會被明智捉到，甚至連重要的螺旋槳都被破壞了，真的是無處可逃！

就算是厲害的恐怖王，這時也進退兩難了。

你是二十面相

「哇哈哈哈……，怎麼樣？你絕對沒有想到我會躲在樹頂上吧！你的最後王牌，也就是能夠在空中飛行的螺旋槳已經被我破壞了。哈哈哈哈……，恐怖王，你怎麼不說話呢？」

明智的聲音從上面透過樹葉傳來。

「喂！我認輸了。我不知道你這傢伙竟然會躲在這裡，你打算怎麼辦呢？」

「還有更讓你驚訝的事呢！」

「更讓我驚訝的事?還有嗎?」
「嗯,當然有囉!」
「什麼事?」
「那就是你的真實身份。」
「咦?真實身份?」
「你的真實身份,就是怪盜二十面相。」
明智的聲音雖然從樹葉中傳來,但卻是像雷聲般的令人震耳欲聾!
恐怖王沈默不語。明智繼續說道:
「你按照慣例利用替身巧妙逃獄,經過了兩個月之後,你變成了戴著金色面具的恐怖王。觀察變裝方式,我猜你是二十面相,但等到你真的飛到空中之後,我才更加的確定這個事實。
會在背上揹著好像小型直升機般的機械而在空中飛翔的人,只有你而已。當你假扮成宇宙怪人時(本系列第九集),向法國發明家購買了螺旋槳。在全日本使用這種機械的人，只有二十面相而已。」

就在明智繼續說明真相時，恐怖王二十面相，卻自顧自的做著奇怪的事情。

假扮成園丁的二十面相爬上樹枝，左手抓著樹枝，右手從懷中掏出手電筒往外一伸，朝著圍牆外啪啪的閃爍了幾次光芒。

「喂！二十面相，不要保持沈默！趕緊棄械投降吧！」

明智繼續說著。這時，聽到了可怕的笑聲。

「哇哈哈哈哈……，明智，我會乖乖的爬下去的，但你要知道，我隨時都準備好絕招。假扮成金面人、假扮成佛像、假扮成園丁，最後想要藉著螺旋槳飛到空中，但是卻被你破壞了。不過，我還有絕招，我還有很多的絕招呢！哈哈哈哈……」

二十面相的聲音愈來愈小，一邊說著一邊沿著樹幹往下爬。

「喂！那傢伙現在正要爬下去，小心不要讓他逃走喔！」

明智大叫著，而自己也開始往下爬。

下面的十幾個人，全都伸長了脖子等著。

二十面相不知想到了什麼，乖乖的爬到樹下，在眾人的面前伸出雙手。三名警察跑過去捉住他，其中一人將手銬銬在他的雙手上。

警察趕緊連絡巡邏車，準備將他載往警局。於是十幾個人圍著二十面相，將他帶到門外的大街上。但就在這個時候……。

噗嚕嚕嚕哧……，聽到了好像爆炸的聲音。突然有大型的東西穿梭於眾人之間。

原來是小型摩托車。

大家「啊！」的大叫著，趕緊讓路。

以驚人速度奔馳過來的摩托車，就好像在表演特技似的，在瞬間停了下來。

「啊！是那傢伙！他逃走了！」

警察大叫著。

跳上摩托車後座的二十面相，不知何時已自行鬆開了手銬，以魔術師二十面相的成熟技術來說，要打開手銬並不難。

好像怪物的摩托車，將眾人的大叫聲拋在後頭，像箭一般的奔馳在黑暗的大街上。

一名警察跑進片桐家，打電話到警察署，要求警方拉起警戒線（遇到火災或犯罪事件時，在一定的區域裡禁止一般人進入，由警察負責看守）。

剩下的兩名警察則跳上在此等候的巡邏車，前去追趕摩托車。

又過了二十分鐘，巡邏車在遠處巷道附近的草地中，發現了被棄置的摩托車。但是，摩托車騎士與二十面相早已不見蹤影。

第二天的報紙當然報導了這個頭條新聞，世人都在談論著二十面相的事情。不管是在車上、巴士裡、理髮店、餐廳裡，只要有兩個以上的

人聚在一起，就一定會提到二十面相的話題。

啊！二十面相又來了。那傢伙曾經被逮捕過。

但是，再怎麼抓他，他就好像不死鳥一樣，總是有法子逃脫而重現江湖。震撼東京！震撼全日本！

二十面相到底藏身在何處？這位變裝的大名人接下來又會以什麼樣的姿態出現呢？儘管警方大力搜索，也仍然無所斬獲。

後車廂中

就這樣過了一週。有一天，在陰天的黃昏發生了一件事。

小林少年和口袋小鬼走在世田谷區寂靜的大街上。街道兩側林立著一般住宅和商店，但並不像一般商店街那樣熱鬧。

路上雖有行人通過，但仍稀疏。這時，迎面開來一輛大型汽車，通過小林等人的面前。

「啊！那輛汽車很可疑。」

口袋小鬼叫著。

「咦！為什麼覺得可疑？」

小林詢問他。

「閃爍光亮呀！就是那道金色的光芒。」

「什麼光芒？我沒有發現呀！」

「臉呀！他的臉上閃爍著光芒！那個開車的傢伙臉是金色的。」

「你是說金面人……」

「可能是！啊！車子停下來了。你看！那傢伙下車了。」

的確如此。

汽車停在距離一百公尺遠的地方，有一個奇怪男子下了車。

他披著黑色披風，戴著黑色軟帽。

因為已經傍晚了，所以看不清楚。不過在軟帽下似乎可以看到閃爍著金色光芒的東西，那的確是金面人。

金面人就是二十面相。

這個披著黑色披風的男子，鬼鬼祟祟的進入一間裝潢華麗的美術商店家中。

「跟去瞧瞧！」

小林少年和口袋小鬼，悄悄的接近這家華麗的美術商店。

停在一旁的汽車內空無一人，顯然是二十面相自己開車。

美術商店有非常華麗的櫥窗，裡面擺著比片桐家的佛像更小但卻是更古老的鍍金佛（鍍金的佛像）。一旁還有其他小尊的佛像，甚至有從土中挖掘出來的古代人偶陳列其中。

往店裡看去，披著黑色披風的男子指著櫥窗裡的鍍金佛，正在與店員交談。

「小林，那傢伙是想買那個鍍金佛嗎?還是想偷出來，然後擺在汽車上帶回去呢?我們要不要像以前一樣的跟蹤他?這樣就可以知道他的藏身之處了。」

口袋小鬼輕聲說道。

「嗯!這樣很好，我也正有此意。看看後車廂是否可以打開。」

小林說完之後，儘量不被在店中的黑衣男子發現，悄悄的溜到汽車後方查探。口袋小鬼跟在他的身後。

「啊!太好了，沒上鎖。」

小林看了看周圍，確定沒有人經過，於是打開後車廂，迅速鑽到裡面去，口袋小鬼也跟了進去。

所幸後車廂內空無一物，所以兩人得以彎著身子躺在裡面。

但真的就沒問題嗎?事後會不會發生什麼可怕的事情呢?

兩人根本沒有考慮到這一點，如果有想到，應該就不會貿然的躲進

後車廂中，而是趕緊利用紅色電話（當時的公共電話大多是紅色的）通知明智先生或中村警官，藉由大人之手來捉住二十面相，這才是最安全的作法。

或許小林和口袋小鬼不想藉助大人的幫忙，想要自己建立功勞吧！但這是不對的，因為後來兩人終於遭遇悲慘的命運。

話題再回到美術商店裡的情況。

店員終於發現到披著黑色披風的男子有一張金色的臉，感到非常訝異，嚇得臉色蒼白，無法動彈。

當時只有一名店員，沒有人可以幫忙。不過就算想要呼叫，也因為過於害怕而沒有出聲的力量。

金面人二十面相走到櫥窗後，打開玻璃門取出鍍金佛後，便逕自走出商店大門。

二十面相走出大門，來到大街上。他看了看四周，將鍍金佛藏在披

風裡，走向汽車。

啊！糟糕了！二十面相在坐上駕駛座前，會不會先繞到汽車後面的車廂呢？

一定會的，因為他會將鍍金佛擺在後車廂內。

小林等人為什麼沒有想到這一點呢？

二十面相偷走佛像後，也許會將它放在後車廂裡。小林等人事先應該要注意到這一點，但是他們卻忘記了。

後車廂的蓋子突然打開，有著金色臉孔的傢伙站在眼前。

「啊！你們不是小林和口袋小鬼嗎？既然想跟蹤我，那麼，我就讓你們如願以償來吧！但是中途可不能逃走喔！就照約定囉！」

說完之後，把佛像塞在小林兩人的中間，啪的關上後車廂門，上了鎖。

啊，這下可糟了！小林和口袋小鬼成了二十面相的俘虜，不知道會被帶到哪裡去，也不知道會遇到什麼樣可怕的事情。

汽車就這麼的開走了。在後車廂裡，即使再怎麼喊叫，外面也聽不到，根本沒有人可以救他們。

汽車持續往前奔馳，經過一個小時，路況開始變差。後車廂中不斷的搖晃，兩人只好用手護著頭，以免頭去撞到鐵板。

不僅道路不平，而且感覺像是在爬坡似的，汽車的速度變慢了。

可能是接近某處的山坡路吧！從美術商店離開到現在已過了兩個小時。

又過了三十分鐘，車子終於停了下來。難道真的已經到達二十面相的巢穴了嗎？

不久，聽到開鎖的聲音，後車廂蓋被打開了。小林兩人戰戰兢兢的往外瞧，但看到的並不是披著黑色披風的男子，而是兩名面目猙獰的男子，看似二十面相的手下。

外面一片漆黑，強風呼呼的吹著，聞到了山與森林的氣息。這裡可能是東京附近的某個山區吧！

「小鬼！出來！」

一名手下大聲叫著。

小林和口袋小鬼無奈的跳出車廂外。

一名手下將鍍金佛挾在腋下，兩人抓著小林和口袋小鬼的手，不知要將他們帶往何處。

在黑暗中看到一棟黑色的建築物，那是磚造的兩層樓古老洋房。為何在山中會有這樣的古老房子，真是令人匪夷所思！但後來終於知道原因了。

打開入口的鐵門，四個人進入屋內。可能是採用自家發電的方式，在寬廣的走廊上點著微暗的電燈。

在走廊上轉了幾個彎，兩名少年被帶到裡面的一個房間。

這是一間華麗、寬廣的房間，天花板垂吊著玻璃吊燈，屋內燈火通明。

就好像置身於鑲滿寶石的房間內似的。

房間周圍有很多華麗的玻璃陳列箱，箱子裡裝飾著各種美術品。有好幾尊古老的佛像、閃爍著光芒的刀劍類，還有鑲著寶石的皇冠、項鍊以及美麗的匣子和花瓶等，都是令人瞠目結舌的美術品。

兩名少年看著這一切，驚訝得目瞪口呆。這時，二十面相推開正門出現了。是金面人的裝扮。

金色的頭巾，像是日本能劇面具般金色的臉，金色的披風，金色的褲子，還有金色的鞋子。

怪物金色的嘴彎成了新月形，正在那兒笑著。

「怎麼樣？這些東西很棒吧！這都是我收集的寶物，自從你們發現了奇面城（第十八集『奇面城的秘密』）裡所發生的事件之後，那個美

術館就被破壞了，因此我在這裡建造了新的美術館。不！不光是這裡，我的美術館還有很多座呢！這只不過是其中的一部分而已。

在奇面城事件中，真的被你們修理的很慘，尤其是口袋小鬼，我非常痛恨你！把你們帶到這裡來，就是要對你們報復！我不會殺你們的，因為我很討厭殺人。但是，你們一定會嚐到恐怖的滋味。凡是跟二十面相作對的傢伙，都一定會遭遇悲慘的下場。我要讓你們清楚的了解到這一點。」

「你要對我們嚴刑銬打嗎？」

口袋小鬼大叫著。

「不！不會對你們嚴刑銬打。我不會讓你們受傷的，但是，你們一定會遇到可怕的事情。」

「你把我們關在這裡這麼久，明智老師一定會來救我們的。明智老師什麼都知道，到時你的理想就會幻滅，好不容易建造的美術館也會被破壞。」

小林很有自信的說著。

「住口！我不受你的威脅。你們立刻滾到地獄去！到時候，就知道會遇到什麼可怕的事情了！去吧！……」

一說完，小林和口袋小鬼腳下的地板忽然啪的消失了。

兩名少年不斷的往下墜落。

原來這個地板是個陷阱。

二十面相不知道按了什麼鈕，啟動了開關，使得兩人掉落到一片漆黑的地底中。

好一陣子都沒有力氣爬起來，後來發現到黑暗的對面有兩道綠色的光芒。

就好像可怕怪物的眼睛一樣。

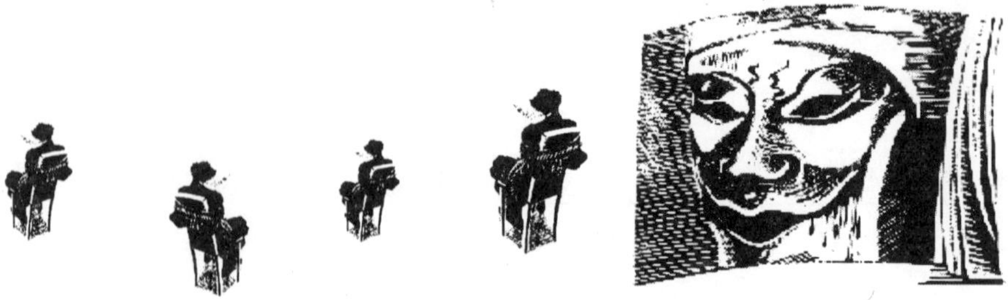

大猩猩

「小林團長，打開手電筒照照看吧！」

口袋小鬼輕聲說道。

只要出現光芒，就會被對方察覺自己的位置，這麼做並不安全。但是，若不知道對方的真實身份，反而更加害怕，所以小林下定決心，打開手電筒瞧瞧。

「嗯！我也有帶手電筒，一起打開看看吧！一、二、三……」

兩人各自從口袋中掏出七大道具之一的筆型手電筒，朝對面照去。

「啊！不好了！快關上！」

兩人趕緊關上手電筒。

在手電筒的照射下，到底看到了什麼東西呢？

原來是隻大猩猩，就好像是在動物園裡看到的可怕大猩猩一樣，體型非常壯碩。

那傢伙正以奇怪的姿態，搖搖晃晃的朝這兒走來。

關掉手電筒之後，黑暗中兩道閃爍著綠色光芒的眼睛，慢慢的朝這裡逼近。

兩人根本無力思考，手牽著手朝反方向跑去。雖然地下室很寬廣，但是四面都是牆壁，一旦逃到牆邊，就無處可退了。

兩人身體緊貼著冰冷的磚牆，希望能夠遠離大猩猩，眼睛看著側面方向。

「啊！這裡好像有門。」

摸著牆壁的口袋小鬼大叫著。

「咦，在哪兒？啊！真的是門。試試看能不能推開。」

小林用力的推門。

厚木門發出唧——的聲音，往對面打開。

「好！快逃出去！然後把門關上。如果讓那傢伙跑過來，那可就糟糕了！」

小林說著，拉著口袋小鬼的手跳到門外，立刻把門關上，並且將身體靠在門上，以免門被推開。

兩人背對著門，腳用力的踩在地上。

這棟建築物是建在山中的坡道上，所以不論是正門、後門，還是地下室，都與山坡地面的高度相同。

「不知道有沒有木棒或大石塊，這樣就可以抵住這扇門，而不被打開了。」

小林說著，用手電筒照著四周，然而什麼也沒發現。森林中應該種植很多樹木才對，但是，並沒有發現任何粗大的棒子或木塊。此外，雖然地上有很多小石子，但也沒有大的石頭足以擋住門。

兩個人以背部抵著的木板門開始移動，大猩猩正在門的另一邊用力的推著。

「用力呀！如果門被推開，我們可就沒命了！」

小林不斷鼓勵著口袋小鬼，但既然是身材矮小到可以塞到口袋裡的孩子，當然沒什麼力氣。而小林就算是少年偵探團的團長，畢竟也還是個少年。

因此，雖然兩個人雙腳用力的踩在地上，但是，在門另一端的大猩猩力量更強大。兩個人踩在地上的腳似乎也開始慢慢的往前滑動了。

洞窟中

「已經不行了！快點逃到那裡去！」

小林拉著口袋小鬼的手，終於離開了門，拔腿就跑。

門被用力的推開，一團茶色的大東西從裡頭滾了出來。

兩名少年邊跑邊回頭看著這一幕。由於眼睛已經熟悉了黑暗，所以能夠看到四周的景象。

大猩猩倒在地上，好像撞到什麼東西似的，就這樣的倒地不起。

「啊！趁機趕快逃吧！快點！……」

小林拉著口袋小鬼的手拼命的往前跑。口袋小鬼的腿比較短，跑不快，就好像被小林拖著走似的。

兩旁看起來好像是岩石聳立的谷底，形成狹窄的羊腸小徑。

兩人拼命的往前跑了大約一百公尺，突然迷路了。

再過去是聳立的山岩，就好像來到死胡同似的，路已經到了盡頭。

小林回頭看，即使想要往回跑也來不及了，大猩猩早已佔據了整個谷底的道路，搖搖晃晃的朝這裡走來。

「吼……吼……」

可怕的聲音在山谷中迴響。

大猩猩揮舞著長臂，駝著背，脖子前後晃動，張著滿嘴尖牙的口在那兒怒吼著。

好像是在說：「小鬼！往哪裡逃！」

兩人看來是死路一條了。前面與兩側都是高聳的山岩，後面又有大猩猩，已經無處可逃了！

大猩猩繼續搖搖晃晃的走了過來。如果以四肢奔跑，一下子就可以到達這裡，但是，牠並沒有這麼做，只是利用後腿以奇怪的姿勢走著，也許是因為剛才跌倒時受了傷吧！

「咦?這裡有一個很深的洞穴。」

口袋小鬼察覺到這一點，大叫著。

因為很暗，所以看不清楚，但的確有一個洞口在那裡，而且是個足以讓人直立步行的大洞窟。

現在已無暇思考，只能從這裡逃走了。眼看著大猩猩逐漸逼近，於是兩人趕緊進入洞窟中。

雖然兩人拼命的往前跑，但其實這是個非常恐怖的洞窟，根本不知道裡面躲藏著什麼。

兩人聞到了冰涼的泥土味，從上面還有冰涼的水滴不斷的滴在脖子上。但是，已經顧不得這些了。就這樣，兩人繼續的前進了三公尺。

「大猩猩有沒有發現到這個洞穴？」

口袋小鬼很擔心的輕聲問道。

「嗯！一定發現到了！那傢伙即使到了晚上眼睛也看得很清楚，而且能夠聞出我們的氣味，待會兒牠就會過來了。但是，這洞穴再往前走到底會通到什麼地方呢？我們去調查看看……」

小林說著，打開手電筒照了照四周。

一進山洞入口的這段路是山岩，再往裡面走去就變成了土山，而且

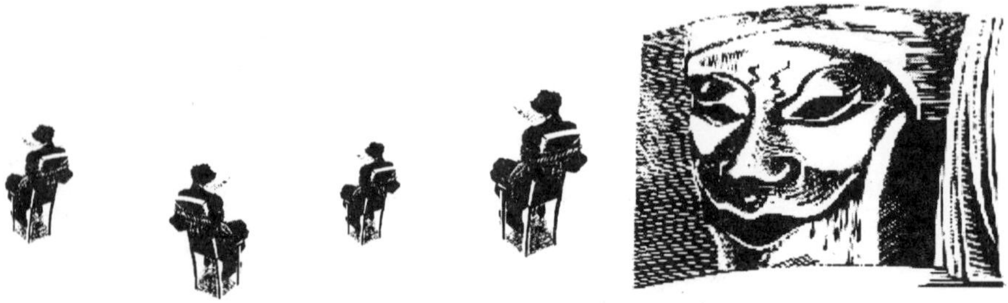

洞穴的兩側豎立著粗大的圓木柱子，上面則橫陳著同樣的圓木，藉以防止土石滑落。當光線繼續往內照時，發現每隔兩公尺就搭建了這樣的柱子和橫樑。

「這可能是礦山吧！為了挖掘礦石，才搭建了這樣的洞穴。我曾經參觀過礦山洞穴，所以很清楚。但是，這個洞穴看來已經停止挖掘了。你看！這些支柱和橫樑——破舊不堪，似乎都已經支撐不住了。我們一定要小心！否則很危險。」

小林一邊說明一邊往裡面走去。

後來才知道，在很久以前，這個洞穴並不是被用來挖礦，而是為了要挖掘德川時代的大小金幣而建造的洞穴。

傳說在明治維新時期，這座山中藏有德川幕府的公款，有人得到了藏寶地點的密碼，所以耗費巨資挖了這個洞穴。

這個洞穴非常深，還有一些叉路，一不小心就會迷路而身陷其中。

二十面相住的那棟磚造洋房，看來就是想要挖掘金幣的人為了方便工作而特意建造的。

但是，這已經是三十年前的往事了。不管挖掘得再深，都沒有發現金幣。後來資金用盡，挖掘的人只好放棄，而洋房也因此成了空屋。

二十面相發現了那棟老舊的洋房，於是將其改造成自己的巢穴。

就在小林和口袋小鬼逃進洞穴內十公尺的地方……。

「吼……吼……」

可怕的怒吼聲響徹整個洞穴。

「啊！是大猩猩。牠跑進來了！」

口袋小鬼用顫抖的聲音說著。

小林立刻用手電筒朝洞窟的入口處照去。

的確，大猩猩正站在距離十公尺遠的地方。

小林趕緊關掉手電筒。但就算是關掉手電筒，也因為對方早已習慣

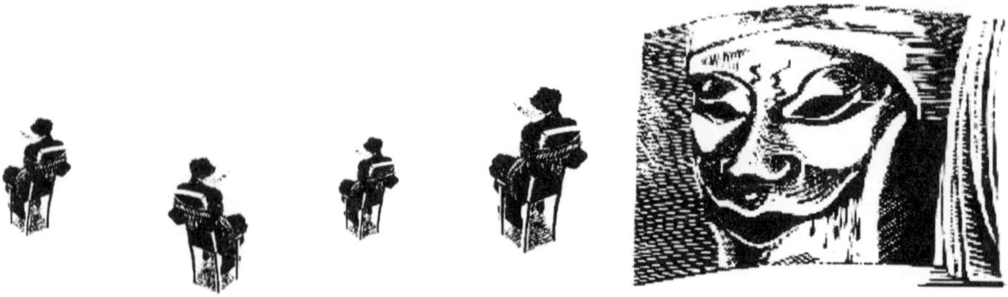

了黑暗，所以並不會影響其行動。但是，如果打開手電筒，反而對小林他們更加危險。

兩人繼續往前走了五、六步。

突然聽到啪達啪達的可怕聲響，接著有大東西掠過兩人的頭上。

怪物的眼睛

「啊！好像是大鳥！那是什麼？」

口袋小鬼抓著小林問道。

「一定是蝙蝠，洞穴裡經常會有蝙蝠棲息。」

小林說著。

這時，身後傳來「嘰呀」的可怕叫聲，而且還聽到啪達啪達拍動翅膀的聲音。

「啊！我知道了。一定是大猩猩抓住蝙蝠，並且把牠吃掉了……。如果真是這樣，就能拖延大猩猩來到面前的時間。快，我們趁機趕快往前逃吧！」

小林抓著口袋小鬼，趕緊往前跑去。裡面一片漆黑，路面又凹凸不平，有時必須打開手電筒照路，否則無法安全前進。但觀察完畢之後，又必須立刻關掉手電筒，否則就會成為大猩猩搜尋的指標。

大約前進了二十公尺，再度打開手電筒一瞧，發現四周的景象完全改變了。

從頭部上方滴下的水滴愈來愈多，而且泥土又濕又軟，甚至從兩側流到了地面。

這裡的圓木柱子比之前的還多，每隔一公尺便豎立一根柱子，有些已經爛掉，有些則早已斷裂。

這裡隨時都有發生坍方的危險，而且腳踩在泥土上，走起路來非常

辛苦。

「吼……吼……」

又聽到大猩猩的怒吼聲，但這一次卻是從遙遠的後方傳來的。

為什麼大猩猩沒有繼續追趕兩人呢？是不是牠真的受了傷而跑不快呢？

還是就像貓並不會立刻吃掉老鼠一樣，只是玩弄牠們而已呢？大猩猩是不是也將他們倆當成玩具般的戲弄呢？

突然，小林發出喜悅的聲音。

「啊！有叉路！」

打開手電筒時，赫然發現了叉路。洞穴的道路分成左右兩條，右邊看來比左邊還要寬廣。

「好，往右走。記得不可以打開手電筒，絕對不可以讓牠知道我們往哪裡走。這樣大猩猩就有可能會繞到左邊的洞穴，到時候我們就可以獲救了。我從進來剛開始時，就一直希望能夠遇到叉路。」

小林說著，拉著口袋小鬼的手朝右邊的洞穴走去。

往前走轉了個彎後，便看不見後面的路了。於是趕緊打開手電筒照路，然後又立刻關掉手電筒。

就在這一瞬間，發現洞穴的情況和先前相同。

同樣有一些掉落的軟土和流到地面上的山土，以及朽掉的圓木。

「腳步放輕一點喔！我們走路的聲響可能會使上面的土掉落下來喔！」

小林說著，繼續往內前進。走了五、六步後，突然停下腳步，豎耳傾聽。

噗嗦、噗嗦……從遠處傳來有人走在泥土上的聲音。

「咦？難道牠走到這裡來了嗎？如果走到左邊的洞穴，我們應該聽不到聲音才對呀！」

小林輕聲的說著，一直看著黑暗中。

但後面是個彎角，無法看清那裡的情況。

噗嗦、噗嗦……，腳步聲愈來愈近了。終於看到了綠色、圓形的光芒，先是看到一個，但立刻又看到一個。

是眼睛！是大猩猩的眼睛！大猩猩的眼睛在黑暗中是否會發光，小林並不清楚，但是，這隻大猩猩的眼睛卻像磷火般的閃耀著綠光。這到底是怎麼一回事呢？

看到這對可怕的眼睛，兩人不禁「哇！」的大叫，朝洞穴深處拔腿就跑，根本無暇考慮跑步的聲響會不會震落泥土。

跑了一會兒之後，又聽到「哇……」的叫聲。

好像是絆到什麼東西而跌倒，兩個人的臉埋在飛揚的土中。

原來這裡有一個大的土山，土山堵住了道路的左側。

兩個人雖然嚇了一跳，但在回過神之後，立刻站了起來，因為大猩猩就在身後追趕著他們。

那兩顆綠色的眼睛就在距離五公尺遠的地方，閃耀著光芒。

兩個人慌慌張張的站了起來，用手摸索著土山，找到右側的斷裂處之後，便趕緊通過而繞到山的後側。

大猩猩已經來到土山的對面，如磷火般的二顆眼睛燃燒著怒火，看起來十分嚇人。

就在這一瞬間，發生了驚天動地的可怕事件。

坍方

突然聽到唰的聲音傳來，軟土叭啦叭啦地不斷從兩人頭上落下。

原先小林以為是大猩猩抓起泥土丟向兩人，但實際上卻不是如此，而是發生了更可怕的事情。這個洞穴中發生了大意外！

聽到震耳欲聾的聲音，上方立刻不停的落下大石頭與土塊，瞬間就埋沒了整個洞窟。

原來是坍方。這是在挖掘礦山洞穴時經常會發生的土崩現象。一旦礦山坍方，可能會奪走幾人或幾十人的生命。像這類的事情時有所聞。

在一陣令天地變色的可怕巨響停住之後，大地恢復一片寂靜。

啊！小林等人被埋在土堆下了嗎？

不！不是如此，至少聰明伶俐的口袋小鬼還活著。當可怕的聲音響起時，他及時閃到了洞穴的深處，逃過一劫。

口袋小鬼很擔心小林團長的安危。之前在泥土崩落時，聽到了悽厲的喊叫聲，既不像人也不像動物的聲音，難道會是小林團長最後所發出的哀嚎嗎？……。

口袋小鬼趕緊打開手電筒觀看四周，幸好小林團長並沒有被埋在土堆下，只是倒在一旁而已。不過，倒下的位置非常危險，若再往前五十公分，就會被埋入土堆裡了。

可是，他倒在那裡一動也不動，令口袋小鬼非常的擔心。難道團長被掉落的岩石砸到，已經死了嗎？

小鬼趕緊跑到小林的身邊，手擺在他的嘴巴附近，幸好還有呼吸。小林團長會不會是受了重傷呢？

小鬼想要扶起小林，但是，能夠塞進口袋般矮小的孩子，當然沒有這樣的力氣。正煞費苦心努力時，小林睜開了眼睛。

「啊！我昏倒了嗎？」

「嗯！是的，有受傷嗎？」

小林摸摸全身上下，說道：

「沒事，只是有東西打到我的頭。」

「啊！額頭流血了！」

「嗯！應該就是打到這裡，所以才會昏倒。」

小林掏出手帕，按住傷口，但突然好像很擔心似的說道：

「我昏倒多久了？」

「大概一分鐘吧！」

「喔！這麼說才剛坍方不久，那傢伙怎麼樣？」

「誰？」

「當然是大猩猩呀！」

「啊，那傢伙呀！當土掉落下來的時候，我聽到可怕的叫聲。但那傢伙並不在我們躲藏的土山旁邊，而是在更遠的地方，所以可能已經逃走了。小林團長，這麼說來我們獲救了！土崩落後擋住了路，那傢伙無法追到這裡來了。」

口袋小鬼很高興，但是，兩人真的是獲救了嗎？會不會有比大猩猩更可怕的事情正在等待著他們呢？

「既然沒有辦法從這裡出去，那就只好再往裡面走了。這樣反而有可能會繞回原先的道路，到時候就能離開這個洞穴了。」

兩個人打開手電筒，一邊照路一邊往洞穴的深處走去。大約走了二十公尺遠。

「啊！慘了！這裡的土也崩落了！」

小林大叫著。

這邊的洞穴也被土堵住，可能是很久以前坍方的，因為土都已經乾了。支柱和橫樑都已經腐爛，所以才會造成這樣的坍方。

洞窟兩邊都被堵住，兩人被關在二十公尺長的洞穴中。

看來已經無法逃生了。

「也許我們慢慢的就不能呼吸了！」

口袋小鬼立刻想到這一點，很擔心的說著。

不錯。雖然有二十公尺長，但畢竟是在狹窄的洞穴中。當空氣中的氧氣逐漸被消耗掉之後，兩個人就有可能會死在這個黑暗的地底。

「沒問題的，手電筒的電池還可以用很久呢！在此之前，我們應該要仔細思考逃生之道。」

小林好像要讓口袋小鬼安心似的說著。

「我們還是把這堆土挖開，然後鑽到外面去好了。」

「嗯！但是剛才的坍方已經把土石都打濕了，所以不管再怎麼挖，泥土還是會不斷的掉下來。一不小心，就可能會引起第二次的坍方，到時我們可能都會被活埋了！」

「啊！是嗎？真糟糕！」

口袋小鬼手臂交疊，很苦惱的搖著頭。

哎呀！到底兩人的命運會如何？難道小林想不出讓兩人脫身的好方法嗎？（萬一想不出來的話……）

努力

「那麼，我們就挖那邊的土試試看，因為是在很久以前坍方的，所以土應該都很乾了。」

「嗯！試試看，除此之外，也沒有其他的辦法了。」

於是，小林走到以前坍方的地方，試著用手挖土。幸好土並不會很硬，可以用手挖開。

爛掉的圓木支柱斜倒在地上，深埋在土堆當中。因此，即使挖下方的土，也不用擔心上方的土會落下來。有了支柱支撐，就不用擔心第二次坍方了。

小林用雙手不斷挖開土，形成五十公分的洞。他將挖出來的土推到後方，然後再由口袋小鬼將這些土運到不會造成阻礙的地方。

兩人在黑暗中努力的工作著。為了節省電池，因此關掉手電筒。

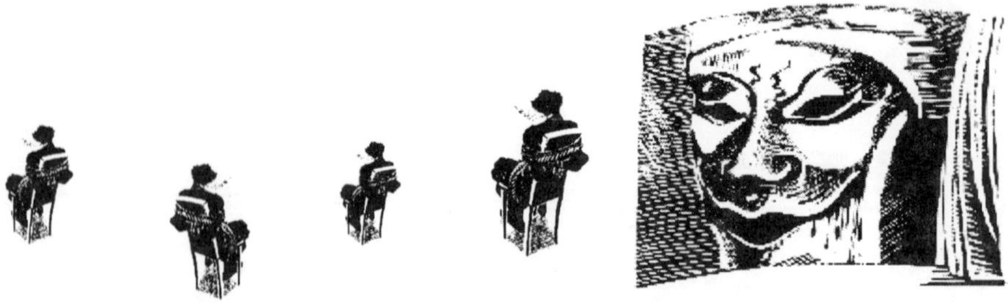

然而，小林因為用指頭挖土，所以手指非常的疼痛。

「喂！換你來挖，我去找看看有沒有可以挖掘的工具。」

說著，輪到口袋小鬼挖土。小林拿起手電筒看看周圍。

「啊！有了！有了！這個東西不錯。」

看到的是三角形扁平的石頭。將它插入土中，再往上挖，就可以當成鏟子來使用。

發現了這個石鏟之後，工作進度變快。挖出泥土的洞穴愈來愈深，終於可以鑽入狹窄的洞穴中工作了。

這是很辛苦的工作。雖然不是很硬的土，但是挖了一公尺之後，真的全身無力了。

「自己一個人挖，非常的累。我看就用輪流的方式，我們兩個人輪流挖吧！」

當一個人挖的時候，另一人就把土運到洞外去，運了三十次土之後再交換。兩人拼命努力的工作。

「小林團長，就算我們費盡力氣不斷的挖掘這裡，但也不知道對面的情況。」

口袋小鬼在黑暗中一邊搬土一邊說著。

「嗯！說的也是。」

「如果前面的洞全都被埋掉了，那該怎麼辦呢？再怎麼挖也無法離開這裡啊！」

「說的也是。」

「即使對面的洞沒有被埋掉，可是走過了洞，到了盡頭又沒有路，那該怎麼辦好呢？也許我們真的沒有辦法獲救了。」

口袋小鬼用快要哭出來的聲音說著。

「喂！喂！別說這些令人氣餒的話。我看過很多冒險故事，在這緊要關頭，不斷努力是最重要的。只要努力，就能開拓個人的命運，神也

會幫助我們的。

如果認為已經不行而自暴自棄，那就糟糕了！天助自助者，口袋小鬼，你要努力喔！只要努力，一定會有好事發生。」

雖然小林說要不斷的努力，可是卻發生了出乎意料之外的事情。

在挖到兩公尺的時候，上方爛掉的柱子形成阻礙。為了移開柱子而不斷的拉扯柱子時，聽到了達達達達……的聲音，土又從小林的頭上掉落下來，而且腰以上的部分全都被埋入土中。

「嗚、嗚、嗚……」

雖然叫著，但是卻無計可施，整張臉已經被埋在土裡，根本無法呼吸。再這樣下去必死無疑。

口袋小鬼聽到大聲響，嚇了一跳，趕緊打開手電筒照著洞穴。

看到小林團長的雙腿很痛苦的在掙扎著，而且頭已經埋入土中了。

「啊！糟了！」

口袋小鬼用雙手拼命捉住小林的腳，想要把他拉出來。

可是土實在是太重了，口袋小鬼根本拉不動。如果自己最愛的小林團長死掉了，那可就糟了。口袋小鬼不斷努力的拉著小林團長的腿，拉得滿臉通紅。

被埋在土中的小林，也知道口袋小鬼正拼命的在救他，因此自己的雙手在土中用力的推，試著想讓身體往後退。

就在兩人的合作之下，小林的身體一公分、一公分慢慢的從土中離開。

但是，這必須要長時間持續努力才行。真的是一公分、一公分慢慢的移動，整個身體花了很長的時間才完全脫離了土堆。

「啊！真是悲慘！」

小林用手帕擦拭著沾滿泥土的臉，不停的喘著大氣。

「這到底是怎麼一回事？」

口袋小鬼用手電筒照著團長狼狽的臉問道。

「是我不對。我看到在土中有木棒阻撓，想要用力拉出，沒想到上面的土就掉了下來。雖然不像坍方那樣掉落大量的土，但還是要更小心謹慎點。」

「那麼，還要挖土嗎？遇到這種情況，還要繼續挖下去嗎？」

口袋小鬼似乎在試探小林的勇氣。

「當然囉！把命運交給上天吧！我們只能盡人事，聽天命，要努力到最後一刻為止。」

兩人休息了一會兒，又鑽進洞中。小林用手電筒檢查之前崩塌的地方。

「沒問題，在上面還橫陳著一根木頭，而且非常牢固，這樣在下面挖掘就不會危險了。」

說著，趕緊工作。

還是採用兩人輪流方式。接下來的工作非常辛苦，因為如果進行得太慢，就會缺氧而死，所以必須趕緊挖土才行。

看看手錶，已經是凌晨一點了。

口袋小鬼非常努力的做著，連小林都覺得很驚訝。

洞的深度已經超過三公尺，但是，這麼辛苦的工作到底還要持續多久呢？現在手臂、肩膀、腰都已經發麻，不聽使喚了。於是兩人跑到洞外休息，揉搓發麻的手臂和肩膀，重新恢復力氣。

口袋小鬼並沒有抱怨，他下定決心要挖到死亡為止。

兩人又重新回到洞中，繼續工作，用代替鐵鏟的扁平石頭，將土挖了三、四次。

繼續用石頭往前剷時，感覺好像沒有任何東西，看來石頭已經穿過對面了。

洞真的被挖開了，從洞中滲進了新鮮冰涼的空氣。

小林趕緊用手電筒照著洞外。

「啊！終於挖穿了！」

發出驚訝的叫聲。

穿過洞看到另一個寬廣的洞穴，一直延伸到另一端。經過兩人不斷的努力，終於挖穿了坍方的泥土牆。

就像之前小林所說的，神會幫助一直努力到最後的人。

兩人合力將挖開的洞再挖大一些，然後鑽出洞外。

但是，他們真的獲救了嗎？如果這個洞的盡頭又是死路一條，那該怎麼辦才好呢？

況且，手電筒的電池最後也一定會用完，到時候就必須在黑暗中摸索、徘徊了。

「小林團長，我們真的獲救了嗎？也許就這樣被活埋了也說不定，是嗎？」

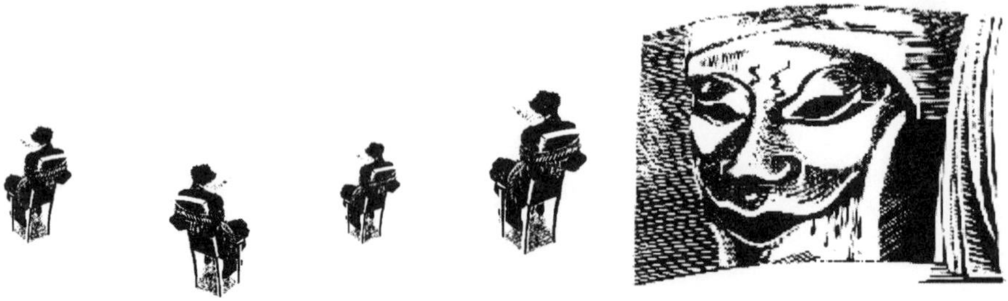

口袋小鬼又發出快要哭泣的聲音說著。

土中的大猩猩

「把命運交給上天吧！我們能夠做的就盡量去做，也許會有好事降臨呢！最重要的是一定要忍耐。如果一直待在這裡，那麼，我們就一定會死掉。」

小林拉著口袋小鬼的手，一邊鼓勵他，一邊走在漆黑的洞穴中。雖然拿著手電筒，但如果任意使用，電池很快就會消耗殆盡，因此，只有在需要時才打開手電筒觀察洞穴裡的情況，並且立刻關掉手電筒。

之前的工作讓兩人精疲力竭。雖然很想休息一下，但還是要忍耐著繼續往前走。

他們一直害怕會面臨死路，但看來這個擔心是多餘的。眼前的洞彎彎曲曲，一直延續著。

「以前的金幣埋在這裡，雖然大家拼命的挖掘，但卻沒有發現任何東西，可能是運氣不好吧！當時一定耗費了很多資金來挖這些洞穴。」

小林自言自語的說著。前面曾經提到，這個山裡埋了德川幕府的公款，某個有錢人為了要找到這些錢，而挖掘了這些好像礦山的洞穴。

「就是太愛錢了才有這樣的下場！什麼小金幣埋在這裡，應該是謊言吧！」

口袋小鬼生氣的說著。

「就是因為有這些洞穴，我們才會遇到這麼倒楣的事。」

「喂！喂！口袋小鬼，幸好有這個洞幫忙，我們才沒有被大猩猩抓走，難道你忘了嗎？」

「嗯！說的也是。」

慢慢的走了一會兒，口袋小鬼發出悲傷的聲音說道：

「我好累喔！我已經走不動了。」

「我也是呀！但是，一定要忍耐才行。就算肚子餓，也要忍耐，我們待在這裡不走，可是會死掉的喔！除了繼續走之外，似乎沒有其他逃走的方法了。」

小林一邊鼓勵口袋小鬼，一邊往前走。

走著走著。

「路很奇怪耶！打開手電筒照照看。」

說著，打開筆型手電筒，照著前面的路。

「啊！有叉路，要走哪一條比較好呢？」

「這個洞穴很長，左邊比較寬，就走左邊吧！」

「嗯！是的。左邊比較寬大，那就走左邊。」

兩人沿著左邊的洞穴前進。走了十公尺，又遇到了叉路。

「啊！又是叉路。還是往左走吧！一下往右，一下往左，搞不好又會繞回原地，乾脆一直往左走好了。」

說著，兩人便往左走。走了一會兒之後，又遇到了叉路，但還是選擇往左邊走去。

不一會兒，周圍的景象又改變了。空氣變得很潮濕，讓人感覺呼吸困難。小林覺得很奇怪，打開手電筒查看。

「啊！沒路了！」

口袋小鬼大叫著，洞的對面竟然豎立著土牆。

還是又碰到了死路，看來兩人真的是無法獲救了。就在這個時候，突然聽到……。

「嗚——嗚——……」

有呻吟聲傳來。

兩個人嚇了一跳，看看四周。

「啊！是追我們的那隻大猩猩，可能一半身體被埋在土中，牠一定

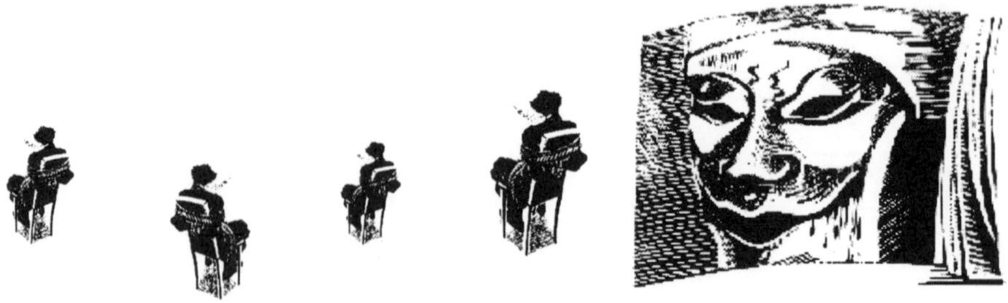

很痛苦吧！」

一看，在盡頭的土堆下看到大猩猩的脖子和背部，一定是被上方掉落的土給壓住了。

「啊！我知道了。」

小林驚訝的叫著。

「口袋小鬼，我知道了！這裡就是先前我們遇到坍方的另一側。大猩猩追著我們來到這裡，也遇到坍方，因此被埋在土堆下。牠可能受傷了，所以沒有辦法逃走。」

「真是奇怪！為什麼我們又會來到另一邊呢？」

「有三個叉路呀！道路彎彎曲曲的，也許又回到了原地。」

「小林團長，那麼如果先前的叉路不往左走，而是往右走，應該就會走到洞外了！」

口袋小鬼察覺到這一點，很高興的說著。

「是呀！正如你所說的，要從這裡回到原路，只要沿著這個叉路往右轉，就可以走出洞外了。」

小林以開朗的聲音說道。

「嗚——嗚——……」

持續聽到呻吟聲。可是大猩猩發出的聲音有些奇怪，聽起來好像是人的呻吟聲。

「你看，大猩猩的背部破了個大洞。」

口袋小鬼用自己的手電筒照著大猩猩的背後叫道。

仔細一看，趴在那裡、半身被埋入土中的大猩猩，牠的背部的確破裂了，或許是在坍方時被石頭擊中而受了傷吧！

但那不像是受傷，而是背部的毛皮裂開，而且並沒有流出鮮紅色的血液，只看到好像是黑色的東西。兩名少年戰戰兢兢的走到大猩猩的身邊，用手去觸摸。

「啊！這是人，人披著大猩猩的皮。」

口袋小鬼大叫著。從破裂處往裡看，看到像黑色緊身衣服的衣物。

「喔！可能是戴著大猩猩的假頭吧！」

小林移動大猩猩的頭，感覺摸起來怪怪的，好像是假猩猩的頭。

「口袋小鬼，把這個脫下來看看。」

說著兩人合力轉動大猩猩的頭，用力拉扯。頭漸漸的離開身體，最後假頭終於被脫了下來。

「啊！竟然戴上這個東西。你看！眼睛的地方裝了玻璃，裡面還有小燈泡呢！」

小林讓口袋小鬼看空無一物的大猩猩頭部內側，看到裡面有發出綠色光芒的小燈泡。

脫掉了大猩猩的頭之後，看到的是一張三十歲左右的男性臉孔。表情很痛苦，不停的「嗚——嗚——」呻吟著。

男子披著大猩猩的毛皮，假扮成大猩猩嚇唬兩名少年。

大發現

「這傢伙可能是二十面相的手下吧！」

口袋小鬼氣憤的看著這張臉。

「可能是吧！但是，也許……」

小林少年似乎想到了什麼似的，住口不語。

「咦，也許什麼？」

口袋小鬼驚訝的看著小林。

「這麼重要的任務怎麼可能會隨便交給手下去做呢？這傢伙一定就是二十面相。我們一直都沒有看過二十面相真正的面貌，因為他經常喬裝改扮。這傢伙一定就是二十面相。」

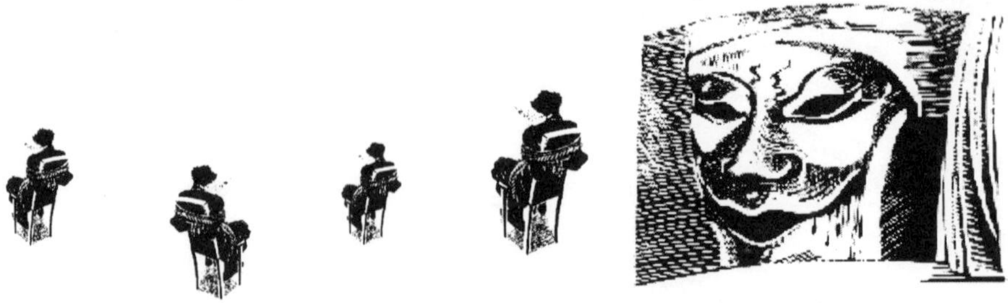

兩個人互相對望，沈默不語。

沒想到可以這麼近看著可怕的二十面相的臉。但是，這傢伙被埋在土堆下呻吟著，如果不管他，他可能會死掉。小林認為就算是壞人，也不能見死不救，一定要先救出他，然後再將他交給警察。因此，首先要確認這傢伙是不是二十面相。

「喂！你是不是二十面相？說實話！」

聽到叫喚，原本的呻吟聲停止了。對方用很痛苦的聲音說道：

「救、救我！」

「一定會救你的！但是你一定要說實話，你就是二十面相吧！」

「嗯！是、是的。」

「好，我知道了。但是靠我們的力量根本沒有辦法救你，我們現在要去叫大人來，你在這裡忍耐一會兒。」

小林說著，想要退到洞外。但是就在這個時候——

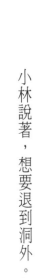

「啊！快看！」

口袋小鬼突然大叫，叫聲響徹整個洞窟。

「怎麼回事？口袋小鬼。」

小林少年嚇了一跳，開口問他。

「是小金幣！好多的小金幣！這裡也有！那裡也有！……」

順著手電筒的光線，看到了閃耀光芒的古代小金幣，原來全都藏在崩塌的土中。

小林拿起一枚金幣觀看，的確是很重的黃金小金幣。數一數，光是露出泥土堆的部分，就有一百枚以上。而在上方的泥土中，可以看到腐爛的木箱子，換言之，裝著小金幣的木箱破掉了，所以，小金幣全都散落了下來。

「啊！我知道了！這個洞的頂部埋藏著裝小金幣的箱子，因為坍方而掉到這裡來。看來上面還不知道埋了多少裝著小金幣的箱子呢！」

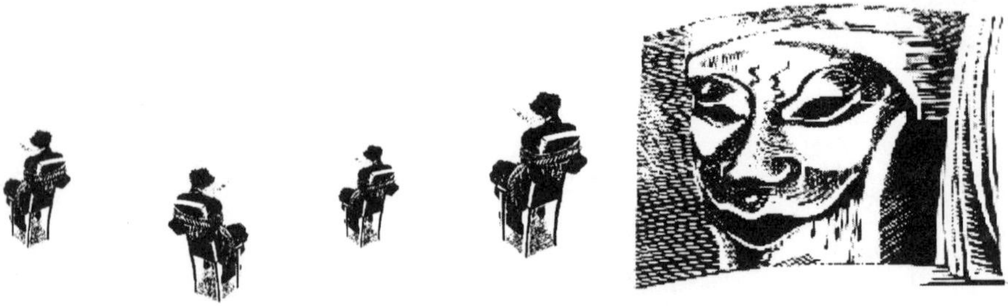

真是一大發現！以前那個有錢人挖了這麼大的洞，仍然無法找到那批幕府時代的公款，但卻因為這次的坍方而被小林和口袋小鬼發現了。

「但是，這不是我們的東西呀！」

「當然，挖掘這個洞的後代子孫才擁有這些金幣的權利。總之，趕緊將這件事通知警察……。」

小林拉著口袋小鬼的手，想要趕緊離開。這時，二十面相說道：

「喂！小林，快、快救救我……」

又發出了痛苦的呻吟聲。如果不管他，後果可不堪設想。

「好，我知道了！我一定會救你的。你要忍耐一會兒。」

說完，兩人便朝著洞穴入口的方向走去。

道路很長，但之前已經走過一次，所以並不擔心。

不久之後，便看到透著亮光的小小入口。在看到陽光的那一瞬間，感覺好像重新活過來似的，終於能夠呼吸到新鮮的空氣了。

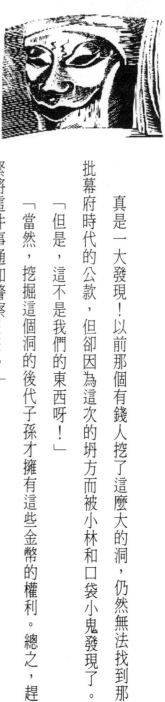

這個透著亮光的小洞穴愈來愈大，兩人終於走到了清爽的黎明晨光中。看看錶，已經是清晨五點鐘了，昨晚都一直待在洞穴中。

「洋房內停著二十面相的汽車，我們快開車通知附近城鎮的警察。而且還要帶醫生來，看來二十面相受了重傷，一定要就醫才行。」

小林說道。但口袋小鬼卻很擔心的說：

「真的沒問題嗎？洋房裡有二十面相的手下，那些傢伙會不會溜進洞穴中救出二十面相並且逃走呢？」

「不會的，那些傢伙還在呼呼大睡呢！而且就算發現那個洞穴，也沒有辦法到達二十面相被埋的地方。再說即使趕到那裡，也不可能輕易的救出二十面相。如果那些手下不想出救二十面相，只想偷走小金幣，那麼要挖掘洞的頂部，取出那麼多裝小金幣的箱子，至少也得花上三、四個小時。總之，我們只要坐上汽車，趕緊通知警察，那些傢伙就無法得逞了。即使他們逃到山裡，也一定會被抓到的。」

聽到小林這麼說，口袋小鬼終於安心了。

小林很會開車，兩人上了二十面相的車，靜悄悄的發動引擎，開車下山了。

過了將近四小時，山上的洋房聚集了十八人，包括附近城鎮的八名警察、城鎮的醫生，以及經由電話連絡前來的明智偵探、警政署的中村警官和五名部下，還有小林少年及口袋小鬼。在洋房門前共停了五部汽車。

首先，救出被埋在崩塌土堆下的二十面相，讓他躺在洋房的床上，由醫生為他診治。看來奸詐狡猾的二十面相終於無法動彈了。

被關在洋房內的四名手下，全都被銬上手銬，用汽車載回警局。

至於藏在洞窟頂端、裝著小金幣的箱子，兩天後全被挖出。總共挖出五十個箱子，金額非常龐大。傳說幕府時代的公款被埋在此地，的確是事實。

這一大筆錢後來全都歸還給這座山的擁有者，而這座山的主人則將全部金額的百分之一，也就是五百萬圓的現金（相當於現在的五千萬圓）送給了小林少年和口袋小鬼當做謝禮。

由於兩人的父母都已不在人世，所以，將五百萬圓全都交給明智老師，請他將錢運用在偵探事務所和少年偵探團的身上。

後來，少年偵探團召開集會，團員們詢問小林團長：

「明智先生打算如何運用這筆錢呢？」

「這我還不知道，可能會用在偵探工作上吧！」

「如果是小林團長，你會怎麼運用呢？」

「我呀！我想要攜帶型的無線電話機，五、六個也好，這樣遇到狀況時，就可以直接用電話和偵探事務所連絡，真的非常方便耶！就算被壞人關起來，也可以利用電話向明智老師求救。」

「哇！太棒了！就這麼辦吧！你一定要拜託明智老師答應這個要

求哦！」

「太好了！太好了！」

「耶！少年偵探團萬歲！」

少年們全都拍手叫好，相信明智偵探也會贊成這個計劃的。看來少年偵探團離擁有電話的日子已經不遠了，到時候他們一定會展現比現在更活躍的行動力。讓我們拭目以待吧！

解說

怪盜二十面相現在依然存在著

西本雞介
（昭和女子大學教授）

江戶川亂步在一九五九年寫了『假面恐怖王』，連載在這一年一月號到十二月號的雜誌「少年」中，而在年末由光文社發行了單行本。當年他六十五歲。亂步在一九六五年去世，享年七十歲。

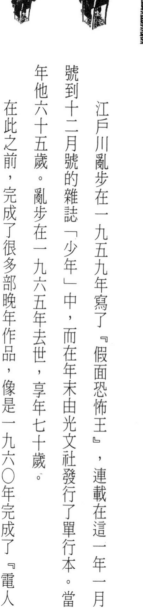

在此之前，完成了很多部晚年作品，像是一九六〇年完成了『電人M』、『二十面相的詛咒』，一九六一年完成『飛天二十面相』，一九六二年完成『黃金怪獸』。

一九三六年時，他頭一次撰寫『怪盜二十面相』，而之後大概經過二十五年，也就是說，在他一生當中，他一直持續撰寫著有二十面相登場的「少年偵探」系列。

當時他得到孩子們超人氣的歡迎，可是卻僅僅寫了四本，便因為戰爭而中斷。不過他始終無法忘情。於是在一九四九年，也就是他五十五歲時，再度提筆撰寫出『青銅魔人』，讓二十面相重新復活，成為少年偵探小說不朽的名著。不光是小孩愛看，就連大人也深受其吸引。

二十面相的喬裝改扮以及行動都不斷的昇華，甚至利用迷你型直升機機械使自己像超人一樣的在空中飛翔。不殺人、不傷人，偷盜的不是黃金，而是美術品或寶石，像這類屬於二十面相的性格並沒有改變。

陳列於倫敦蠟像館的塔索夫人的蠟像（東京塔蠟像館提供）

一九三七年，爆發中日戰爭，日本變成了軍國主義國家。一九四五年戰爭失敗，東京變成一片

荒野，但二十面相只有改變外表，內心還是相同的。雖然是從亞森羅蘋那兒借來的性格，但觀察他的態度，似乎也可以從中發現亂步孤獨的反叛精神不受時代或環境的影響，自負能夠掌握讀者的心。

亂步不屈服於權力，持續守護著自己創造出來的人物，像這種作家的熱情，真是令人難以忘懷。

在「怪盜二十面相與少年偵探團」的小品文中，亂步說道：

「這一系列中的任何一個故事，在最初都有一個像妖怪般的怪物出現，並且做出震驚世人的事情。該如何解開故事中的謎團？如果不繼續往下看，根本就無法知道答案。而在故事的最後，一定會說明事情的始末，如此一來便能滿足讀者的好奇心。就算是不可思議的事情，也一定有其理由存在，這就是本系列的特徵。

（中略）在我寫偵探小說之後，森下雨村、小酒井不木兩位先生也寫了許多偵探小說，並且都深獲好評。不過，兩位先生並不像我一樣，寫些像『二十面相』這種不切實際的書籍，而是寫一些適合大人看的書籍，因此，無法像我一樣能夠掌握孩子的心。雖說以前就有偵探小說，但是，我敢自誇『二十面相』受到了跨時代的歡迎。雖然我這部少年系列的小說因為戰爭而不得不暫時中斷，但戰後又在光文社的『少年』雜誌中連載，為少年讀者最愛看的偵探小說書籍奠定了基礎。姑且不論好壞，但是，在這個領域的開拓上，我盡了一半的力量。」

這種自誇絕對不是謊言。繼亂步之後，確實沒有任何一個人能夠超越他，寫出適合少年閱讀的偵探小說家。雖說故事的舞台已經老舊，但揭開謎底的趣味性卻毫不遜色。

在『假面恐怖王』中，二十面相以金面人的身份登場，而由相當活躍的少年助手小林所率領的少年偵探團和青少年機動隊與其對抗。事件是從在這一系列中經常出現的假面怪人陳列處的蠟像館開始的。在船上、在電影院，甚至連大洞窟都躍上舞台。最後，竟然連少年偵探團團員

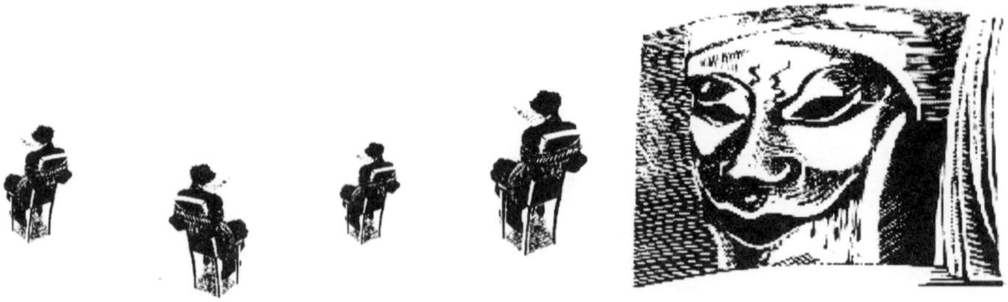

幫助受傷的怪盜二十面相的場面都出現了。

例如，金面人披著金色披風在天空中飛翔的神奇，在電影螢幕上出現金面人新月形的口中流出鮮血的可怕場面，還有看到昔日所埋藏的黃金時的驚訝，這些陸陸續續發生的事件，對於這一系列的讀者而言，真的是百看不厭。奇特的圈套以及解開謎底的魅力，就算早已知道犯案的人是二十面相，但對於讀者而言，仍然具有極大的吸引力。

「總覺得這個怪佛像黃金色的臉似乎也瞪著這邊看（略），結果竟然發現了更不可思議的事情。怪佛像的身體竟然晃動著，黃金臉上的嘴形彎成了新月形，露出了黑色的細縫，正在那兒笑著。黃金臉竟然笑了起來！」

充滿刺激的文章依然流傳，而宛如不死之身的二十面相，現在可能還在某處等待著有勇氣的孩子向他挑戰呢！

4 大金塊 特價230元

秘密文件的另一半被盜走了！
那是說明宮瀨礦造爺爺留下的龐大遺產「大金塊」藏匿地點的秘文，
為了取回被奪走的一半秘密文件，而進入竊賊地下指揮部的少年小林，
他所看到的意外事實真相到底是什麼？
名偵探明智解開了謎樣的文章，趕赴島上，取回大金塊。

5 青銅魔人 特價230元

在月光的照耀下，赫然出現一張嘴巴裂開如新月型的金屬臉，怪物體內發出齒輪轉動聲。
在半夜偷走鐘錶店裡的懷錶的竊賊，難道就是這個用青銅做成的機械人？
少年小林新組成「青少年機動隊」，為了名偵探明智小五郎，奮鬥不懈。
是否真的能夠掌握青銅魔人的真面目呢？

6 地底魔術王 特價230元

在天野勇一所居住的城市裡，搬來了一個奇怪的叔叔。
他在少年們的面前，展現神乎其技的魔術，是一位魔法博士。
他說：「在我所住的洋房裡有『奇異國』。」
有一天，勇一和少年小林造訪洋房。但是就在博士展開魔術表演的舞台上，勇一消失在觀衆的面前。

7 透明怪人 特價230元

一名紳士走進城鎮盡頭的磚瓦建築物中。
就在尾隨於其身後的兩名少年的眼前，
這個神秘男子脫掉大衣、襯衫，結果一裡面什麼也沒有。
肉眼看不到的透明怪人出現了，珠寶店和銀行大為震驚。
化裝成人體服裝模特兒的透明怪人出現在百貨公司，引起一陣騷動。

8 怪人四十面相 特價230元

幾度從監獄中脫逃的怪盜二十面相，這次改名為「四十面相」，
宣佈要逃獄。
為了查明真相，來到拘留所的明智小五郎，與二十面相見面之後，
為什麼匆忙趕到世界劇場的後台去了呢……
劇場正上演著「透明怪人」事件的戲碼。

9 宇宙怪人 特價230元

衆人啊的大叫一聲，屏住呼吸，因為在東京市的大都會銀座上空出現了五個 「在天空飛行的飛碟」。
彷彿來自遙遠星球的世界，擁有蝙蝠翅膀如大蜥蜴般的宇宙怪人降臨。
被在深山登陸的飛碟抓住的木村青年，訴說可怕的體驗，使得全日本，
不，應該說是全世界都陷入大混亂中。

10　恐怖的鐵塔王國　特價230元

「我有東西要給你看哦！」
小林少年被轉角處的老人叫住，看到偷窺箱裡竟然有從森林的圓形鐵塔爬下來的巨大獨角仙……。都市裡出現抓小孩的怪物獨角仙。
獨角仙大王所統治的恐怖鐵塔王國，到底在日本的哪個地方呢？

11　灰色巨人　特價230元

從百貨公司的寶石展覽會中竊取珍珠的美術品，
然後抓住廣告汽球朝天空逃逸。但是逮到犯人之後，一看……。
綽號「灰色巨人」的怪人，這次盜走了「彩虹皇冠」。
尾隨怪盜而來的少年偵探團，來到一個馬戲團的大帳棚中。
奇妙的竊賊難道躲到裡面去了嗎？

12　海底魔術師　特價230元

身上覆蓋著鐵製的鱗片，好像鱷魚一般的尾巴……
在黑暗的海底，有著好像黑色人魚的兩個綠色眼睛的怪物。
爬在地上的怪物想要奪走小鐵盒。
交到明智偵探手中的小鐵盒，隱藏著載有金塊的沉船秘密！

13　黃金豹　特價230元

屋頂出現了金色的影子，
在月光的照射下，劃破了深夜的黑暗，
全身閃耀著黃金般光芒的豹出現在街上。
襲擊銀座的寶石商、吞掉寶石的豹，突然轉身逃走，像煙一般消失了。
夢幻怪獸到底是什麼東西？

14　魔法博士　特價230元

少年偵探團中有兩名好搭檔，他們是井上和阿呂。
看到「活動電影院」之後，一直跟隨活動電影院的兩人，
漸漸進入無人的森林中。
擋在面前的，竟然是可怕的黑影……。
等待著兩人的，是黃金怪人「魔法博士」意想不到的策略。

15　馬戲怪人　特價230元

熱鬧的「豪華馬戲團」公演時，突然出現了可怕的慘叫聲。
觀眾全都回頭看。
在貴賓席黑暗的角落看到白色骷髏的影子！
攻擊馬戲團團長笠原先生一家人的骷髏男的模樣奇怪。
沒有人知道的大秘密，經由明智偵探及少年偵探團的推理而解開謎團。

16 魔人銅鑼

特價230元

「噹……噹……噹……」空中傳來宛如教會鐘聲般的聲響，不禁抬頭一看。
結果，發現整個空中出現一張惡魔的臉。
巨大的惡魔正露出尖牙笑著。難道這是神奇事件的前兆……。
惡魔的神奇預言出現了。明智偵探的新少女助手小植即將遭遇危險。

17 魔法人偶

特價230元

「我很喜歡留身哦！和我玩吧！」
和神奇的腹語術小男孩人偶相處得很好的留身，跟隨著小男孩和
白鬍子老爺爺到人偶屋去。
迎接他們的是美麗的姊姊，這位穿著長袖和服、名叫紅子的人偶，
看起來就好像活生生的真人一樣這是假扮成腹語術師的老爺爺的魔術。

18 奇面城的秘密

特價230元

又是四十面相下的挑戰書。他這一次想要得到的是倫勃朗的油畫。
名偵探明智小五郎自信滿滿的等待對手的出現。
怪人四十面相將如何穿過層層的警衛溜進對手的家中呢？
到了預告日的夜晚，空無一人的美術室中傳出『啪一啪一』的聲響。
大石膏竟然會動，啊！裂開了！

19 夜光人

特價230元

七名少年一起前往一片漆黑的森林。
今天晚上，少年偵探團將舉行「試膽會」。
走在最前方的井上來到森林深處時，突然發現了奇怪的東西。——是鬼火嗎？不！一團白色、圓形的東西，卻有兩顆好像燃燒著火焰的紅色眼睛……。閃耀銀色光輝、好像妖怪般的頭，竟然張開大嘴攻擊團員們！

20 塔上的魔術師

特價230元

在荒涼的原野上，有一棟古老、磚造的鐘屋。
聳立的鐘塔屋頂上有影子在移動……。
少女偵探小植和另外兩名少女一直看著這個奇怪的景象。
三位少女看到的，是一位披著黑色披風、蓬鬆的頭上長著兩隻角的蝙蝠人。

21 鐵人Q

特價230元

老科學家終於完成偉大的發明。
他特別讓北見少年去看看這個具有聰明頭腦的機器人，一個和人類一模一樣的「鐵人Q」。
沒想到鐵人竟然突然不聽使喚，意外的逃出實驗室。
Q逃入巷道之後，開始展現奇怪的行動。被擄走的小女孩到底在哪裡？

22 假面恐怖王 特價230元

有馬家的洋房傳出有戴著鐵假面具的男子偷偷潛入。
名偵探明智小五郎在接到通知後火速趕到，但卻遭人從背後攻擊。
當他醒來後，發現自己在一個沒有窗戶的奇怪小房間內…。
明智偵探真的被壞蛋抓走了嗎？
在想要脫逃的名偵探和「恐怖王」之間，一場鬥智即將展開。

23 電人M 特價230元

在東京塔的塔頂上，纏繞著一個軟趴趴的禿頭妖怪，
好像戴著鐵環、沒有臉的機器人。
怪人「電人M」在全國各地留下謎團。
「到月世界旅行吧」到底意味什麼？
電人M竟然打電話給小林少年……！

24 二十面相的詛咒 特價230元

在古代研究室的一個房間裡，發生了離奇事件。
緊閉的研究室內，一名研究生突然消失！而房間內正巧擺著有詛咒傳說的古代埃及捲軸……。明智偵探決定來此解開密室之謎。
然而，就在小林少年監視埃及房間內的某個晚上，
半夜裡竟然發生了不可思議的怪事。

25 飛天二十面相 特價230元

拖著長長光尾巴的R彗星接近了！
如果彗星撞上地球該怎麼辦——全世界陷入一片大恐慌。
有一天，在千葉縣的海邊，別所次郎看到可怕的東西。
從石頭山爬出來一大群的螃蟹。
接著，出現在海面上的是來自R彗星的螃蟹怪人。

26 黃金怪獸 特價230元

「我是扒手嗎？」
根本不記得自己做過扒手，玉村銀一感到十分震驚。難道是和自己長得一模一樣的冒牌貨為非作歹嗎？銀一周遭陸續出現和他長相完全一樣的冒牌貨。
包括寶石店的玉村一家、美術店的白井一家，甚至連小林少年也……。
尼可拉博士的可怕陰謀！

品冠文化出版社
劃撥帳號：19346241
電話：02-28233123

大展出版社有限公司
品冠文化出版社

圖書目錄

地址：台北市北投區（石牌）
致遠一路二段 12 巷 1 號
電話：(02) 28236031
28236033
郵撥：01669551＜大展＞
傳真：(02) 28272069

・生活廣場・品冠編號 61

1.	366 天誕生星	李芳黛譯	280 元
2.	366 天誕生花與誕生石	李芳黛譯	280 元
3.	科學命相	淺野八郎著	220 元
4.	已知的他界科學	陳蒼杰譯	220 元
5.	開拓未來的他界科學	陳蒼杰譯	220 元
6.	世紀末變態心理犯罪檔案	沈永嘉譯	240 元
7.	366 天開運年鑑	林廷宇編著	230 元
8.	色彩學與你	野村順一著	230 元
9.	科學手相	淺野八郎著	230 元
10.	你也能成為戀愛高手	柯富陽編著	220 元
11.	血型與十二星座	許淑瑛編著	230 元
12.	動物測驗—人性現形	淺野八郎著	200 元
13.	愛情、幸福完全自測	淺野八郎著	200 元
14.	輕鬆攻佔女性	趙奕世編著	230 元
15.	解讀命運密碼	郭宗德著	200 元
16.	由客家了解亞洲	高木桂藏著	220 元

・女醫師系列・品冠編號 62

1.	子宮內膜症	國府田清子著	200 元
2.	子宮肌瘤	黑島淳子著	200 元
3.	上班女性的壓力症候群	池下育子著	200 元
4.	漏尿、尿失禁	中田真木著	200 元
5.	高齡生產	大鷹美子著	200 元
6.	子宮癌	上坊敏子著	200 元
7.	避孕	早乙女智子著	200 元
8.	不孕症	中村春根著	200 元
9.	生理痛與生理不順	堀口雅子著	200 元
10.	更年期	野末悅子著	200 元

・傳統民俗療法・品冠編號 63

1.	神奇刀療法	潘文雄著	200 元

2.	神奇拍打療法	安在峰著	200 元
3.	神奇拔罐療法	安在峰著	200 元
4.	神奇艾灸療法	安在峰著	200 元
5.	神奇貼敷療法	安在峰著	200 元
6.	神奇薰洗療法	安在峰著	200 元
7.	神奇耳穴療法	安在峰著	200 元
8.	神奇指針療法	安在峰著	200 元
9.	神奇藥酒療法	安在峰著	200 元
10.	神奇藥茶療法	安在峰著	200 元
11.	神奇推拿療法	張貴荷著	200 元
12.	神奇止痛療法	漆 浩 著	200 元

・彩色圖解保健・品冠編號 64

1.	瘦身	主婦之友社	300 元
2.	腰痛	主婦之友社	300 元
3.	肩膀痠痛	主婦之友社	300 元
4.	腰、膝、腳的疼痛	主婦之友社	300 元
5.	壓力、精神疲勞	主婦之友社	300 元
6.	眼睛疲勞、視力減退	主婦之友社	300 元

・心 想 事 成・品冠編號 65

1.	魔法愛情點心	結城莫拉著	120 元
2.	可愛手工飾品	結城莫拉著	120 元
3.	可愛打扮 & 髮型	結城莫拉著	120 元
4.	撲克牌算命	結城莫拉著	120 元

・少 年 偵 探・品冠編號 66

1.	怪盜二十面相	（精）	江戶川亂步著	特價 189 元
2.	少年偵探團	（精）	江戶川亂步著	特價 189 元
3.	妖怪博士	（精）	江戶川亂步著	特價 189 元
4.	大金塊	（精）	江戶川亂步著	特價 230 元
5.	青銅魔人	（精）	江戶川亂步著	特價 230 元
6.	地底魔術王	（精）	江戶川亂步著	特價 230 元
7.	透明怪人	（精）	江戶川亂步著	特價 230 元
8.	怪人四十面相	（精）	江戶川亂步著	特價 230 元
9.	宇宙怪人	（精）	江戶川亂步著	特價 230 元
10.	恐怖的鐵塔王國	（精）	江戶川亂步著	特價 230 元
11.	灰色巨人	（精）	江戶川亂步著	特價 230 元
12.	海底魔術師	（精）	江戶川亂步著	特價 230 元
13.	黃金豹	（精）	江戶川亂步著	特價 230 元
14.	魔法博士	（精）	江戶川亂步著	特價 230 元

15. 馬戲怪人 （精） 江戶川亂步著 特價 230 元
16. 魔人銅鑼 （精） 江戶川亂步著 特價 230 元
17. 魔法人偶 （精） 江戶川亂步著 特價 230 元
18. 奇面城的秘密 （精） 江戶川亂步著 特價 230 元
19. 夜光人 （精） 江戶川亂步著 特價 230 元
20. 塔上的魔術師 （精） 江戶川亂步著 特價 230 元
21. 鐵人Q （精） 江戶川亂步著 特價 230 元
22. 假面恐怖王 （精） 江戶川亂步著
23. 電人M （精） 江戶川亂步著
24. 二十面相的詛咒 （精） 江戶川亂步著
25. 飛天二十面相 （精） 江戶川亂步著
26. 黃金怪獸 （精） 江戶川亂步著

・熱 門 新 知・品冠編號 67

1. 圖解基因與 DNA （精） 中原英臣 主編 230 元
2. 圖解人體的神奇 （精） 米山公啟 主編 230 元
3. 圖解腦與心的構造 （精） 永田和哉 主編 230 元
4. 圖解科學的神奇 （精） 鳥海光弘 主編 230 元
5. 圖解數學的神奇 （精） 柳 谷 晃 著

法律專欄連載・大展編號 58

台大法學院 法律學系／策劃
法律服務社／編著

1. 別讓您的權利睡著了(1) 200 元
2. 別讓您的權利睡著了(2) 200 元

・武 術 特 輯・大展編號 10

1. 陳式太極拳入門 馮志強編著 180 元
2. 武式太極拳 郝少如編著 200 元
3. 練功十八法入門 蕭京凌編著 120 元
4. 教門長拳 蕭京凌編著 150 元
5. 跆拳道 蕭京凌編譯 180 元
6. 正傳合氣道 程曉鈴譯 200 元
7. 圖解雙節棍 陳銘遠著 150 元
8. 格鬥空手道 鄭旭旭編著 200 元
9. 實用跆拳道 陳國榮編著 200 元
10. 武術初學指南 李文英、解守德編著 250 元
11. 泰國拳 陳國榮著 180 元
12. 中國式摔跤 黃 斌編著 180 元
13. 太極劍入門 李德印編著 180 元
14. 太極拳運動 運動司編 250 元

15. 太極拳譜	清・王宗岳等著	280 元
16. 散手初學	冷　峰編著	200 元
17. 南拳	朱瑞琪編著	180 元
18. 吳式太極劍	王培生著	200 元
19. 太極拳健身與技擊	王培生著	250 元
20. 秘傳武當八卦掌	狄兆龍著	250 元
21. 太極拳論譚	沈　壽著	250 元
22. 陳式太極拳技擊法	馬　虹著	250 元
23. 二十四式/三十二式太極拳/劍	闞桂香著	180 元
24. 楊式秘傳 129 式太極長拳	張楚全著	280 元
25. 楊式太極拳架詳解	林炳堯著	280 元
26. 華佗五禽劍	劉時榮著	180 元
27. 太極拳基礎講座：基本功與簡化 24 式	李德印著	250 元
28. 武式太極拳精華	薛乃印著	200 元
29. 陳式太極拳拳理闡微	馬　虹著	350 元
30. 陳式太極拳體用全書	馬　虹著	400 元
31. 張三豐太極拳	陳占奎著	200 元
32. 中國太極推手	張　山主編	300 元
33. 48 式太極拳入門	門惠豐編著	220 元
34. 太極拳奇人奇功	嚴翰秀編著	250 元
35. 心意門秘籍	李新民編著	220 元
36. 三才門乾坤戊己功	王培生編著	220 元
37. 武式太極劍精華 +VCD	薛乃印編著	350 元
38. 楊式太極拳	傅鐘文演述	200 元
39. 陳式太極拳、劍 36 式	闞桂香編著	250 元
40. 正宗武式太極拳	薛乃印著	220 元
41. 杜元化＜太極拳正宗＞考析	王海洲等著	300 元
42. ＜珍貴版＞陳式太極拳	沈家楨著	280 元
43. 24 式太極拳＋VCD	中國國家體育總局著	350 元
44. 太極推手絕技	安在峰編著	250 元
45. 孫祿堂武學錄	孫祿堂著	300 元
46. ＜珍貴本＞陳式太極拳精選	馮志強著	280 元
47. 武當趙保太極拳小架	鄭悟清傳授	250 元
48. 太極拳習練知識問答	邱丕相主編	220 元

・原地太極拳系列・大展編號 11

1. 原地綜合太極拳 24 式	胡啟賢創編	220 元
2. 原地活步太極拳 42 式	胡啟賢創編	200 元
3. 原地簡化太極拳 24 式	胡啟賢創編	200 元
4. 原地太極拳 12 式	胡啟賢創編	200 元
5. 原地青少年太極拳 22 式	胡啟賢創編	200 元

・名師出高徒・大展編號 111

1.	武術基本功與基本動作	劉玉萍編著	200 元
2.	長拳入門與精進	吳彬　等著	220 元
3.	劍術刀術入門與精進	楊柏龍等著	220 元
4.	棍術、槍術入門與精進	邱丕相編著	220 元
5.	南拳入門與精進	朱瑞琪編著	220 元
6.	散手入門與精進	張　山等著	220 元
7.	太極拳入門與精進	李德印編著	280 元
8.	太極推手入門與精進	田金龍編著	220 元

・實用武術技擊・大展編號 112

1.	實用自衛拳法	溫佐惠　著	250 元
2.	搏擊術精選	陳清山等著	220 元
3.	秘傳防身絕技	程崑彬　著	230 元
4.	振藩截拳道入門	陳琦平　著	220 元
5.	實用擒拿法	韓建中　著	220 元
6.	擒拿反擒拿 88 法	韓建中　著	250 元

・中國武術規定套路・大展編號 113

1.	螳螂拳	中國武術系列	300 元
2.	劈掛拳	規定套路編寫組	300 元
3.	八極拳		

・中華傳統武術・大展編號 114

1.	中華古今兵械圖考	裴錫榮 主編	280 元
2.	武當劍	陳湘陵 編著	200 元
3.	梁派八卦掌（老八掌）	李子鳴 遺著	220 元
4.	少林 72 藝與武當 36 功	裴錫榮 主編	230 元
5.	三十六把擒拿	佐藤金兵衛 主編	200 元
6.	武當太極拳與盤手 20 法	裴錫榮 主編	元

・少 林 功 夫・大展編號 115

1.	少林打擂秘訣	德虔、素法 編著	300 元
2.	少林三大名拳 炮拳、大洪拳、六合拳	門惠豐 等著	200 元
3.	少林三絕 氣功、點穴、擒拿	德虔 編著	300 元

・道 學 文 化・大展編號 12

1.	道在養生：道教長壽術	郝勤 等著	250 元

2. 龍虎丹道：道教內丹術	郝勤　著	300 元
3. 天上人間：道教神仙譜系	黃德海著	250 元
4. 步罡踏斗：道教祭禮儀典	張澤洪著	250 元
5. 道醫窺秘：道教醫學康復術	王慶餘等著	250 元
6. 勸善成仙：道教生命倫理	李　剛著	250 元
7. 洞天福地：道教宮觀勝境	沙銘壽著	250 元
8. 青詞碧簫：道教文學藝術	楊光文等著	250 元
9. 沈博絕麗：道教格言精粹	朱耕發等著	250 元

・易學智慧・大展編號 122

1. 易學與管理	余敦康主編	250 元
2. 易學與養生	劉長林等著	300 元
3. 易學與美學	劉綱紀等著	300 元
4. 易學與科技	董光壁著	280 元
5. 易學與建築	韓增祿著	280 元
6. 易學源流	鄭萬耕著	280 元
7. 易學的思維	傅雲龍等著	250 元
8. 周易與易圖	李　申著	250 元
9. 易學與佛教	王仲堯著	元

・神算大師・大展編號 123

1. 劉伯溫神算兵法	應　涵編著	280 元
2. 姜太公神算兵法	應　涵編著	280 元
3. 鬼谷子神算兵法	應　涵編著	280 元
4. 諸葛亮神算兵法	應　涵編著	280 元

・命理與預言・大展編號 06

1. 12 星座算命術	訪星珠著	200 元
2. 中國式面相學入門	蕭京凌編著	180 元
3. 圖解命運學	陸明編著	200 元
4. 中國秘傳面相術	陳炳崑編著	180 元
5. 13 星座占星術	馬克・矢崎著	200 元
6. 命名彙典	水雲居士編著	180 元
7. 簡明紫微斗術命運學	唐龍編著	220 元
8. 住宅風水吉凶判斷法	琪輝編譯	180 元
9. 鬼谷算命秘術	鬼谷子著	200 元
10. 密教開運咒法	中岡俊哉著	250 元
11. 女性星魂術	岩滿羅門著	200 元
12. 簡明四柱推命學	呂昌釧編著	230 元
13. 手相鑑定奧秘	高山東明著	200 元
14. 簡易精確手相	高山東明著	200 元

15. 13 星座戀愛占卜	彤雲編譯組	200 元
16. 女巫的咒法	柯素娥譯	230 元
17. 六星命運占卜學	馬文莉編著	230 元
18. 簡明易占學	黃曉崧編著	230 元
19. Ａ血型與十二生肖	鄒雲英編譯	90 元
20. Ｂ血型與十二生肖	鄒雲英編譯	90 元
21. Ｏ血型與十二生肖	鄒雲英編譯	100 元
22. ＡＢ血型與十二生肖	鄒雲英編譯	90 元
23. 筆跡占卜學	周子敬著	220 元
24. 神秘消失的人類	林達中譯	80 元
25. 世界之謎與怪談	陳炳崑譯	80 元
26. 符咒術入門	柳玉山人編	150 元
27. 神奇的白符咒	柳玉山人編	160 元
28. 神奇的紫符咒	柳玉山人編	200 元
29. 秘咒魔法開運術	吳慧鈴編譯	180 元
30. 諾米空秘咒法	馬克・矢崎編著	220 元
31. 改變命運的手相術	鐘文訓著	120 元
32. 黃帝手相占術	鮑黎明著	230 元
33. 惡魔的咒法	杜美芳譯	230 元
34. 腳相開運術	王瑞禎譯	130 元
35. 面相開運術	許麗玲譯	150 元
36. 房屋風水與運勢	邱震睿編譯	200 元
37. 商店風水與運勢	邱震睿編譯	200 元
38. 諸葛流天文遁甲	巫立華譯	150 元
39. 聖帝五龍占術	廖玉山譯	180 元
40. 萬能神算	張助馨編著	120 元
41. 神秘的前世占卜	劉名揚譯	150 元
42. 諸葛流奇門遁甲	巫立華譯	150 元
43. 諸葛流四柱推命	巫立華譯	180 元
44. 室內擺設創好運	小林祥晃著	200 元
45. 室內裝潢開運法	小林祥晃著	230 元
46. 新・大開運吉方位	小林祥晃著	200 元
47. 風水的奧義	小林祥晃著	200 元
48. 開運風水收藏術	小林祥晃著	200 元
49. 商場開運風水術	小林祥晃著	200 元
50. 骰子開運易占	立野清隆著	250 元
51. 四柱推命愛情運	李芳黛譯	220 元
52. 風水開運飲食法	小林祥晃著	200 元
53. 最新簡易手相	小林八重子著	220 元
54. 最新占術大全	高平鳴海著	300 元
55. 庭園開運風水	小林祥晃著	220 元
56. 人際關係風水術	小林祥晃著	220 元
57. 愛情速配指數解析	彤雲編著	200 元
58. 十二星座論愛情	童筱允編著	200 元

國家圖書館出版品預行編目資料

假面恐怖王／江戶川亂步著；施聖茹譯
——初版—臺北市，品冠文化，2003〔民 92〕
面；21 公分 —（少年偵探；22）
譯自：仮面の恐怖王
ISBN 957-468-218-8（精裝）

861.59　　　92005870

版權仲介：京王文化事業有限公司

少年偵探22 **假面恐怖王**　　ISBN 957-468-218-8

著　者／江戶川亂步
譯　者／施　聖　茹
發行人／蔡　孟　甫
出版者／品冠文化出版社
社　址／台北市北投區（石牌）致遠一路 2 段 12 巷 1 號
電　話／(02) 28233123・28236031・28236033
傳　真／(02) 28272069
郵政劃撥／19346241
E - mail／dah_jaan @pchome. com. tw
登記證／北市建一字第 227242 號
區域經銷／千淞圖書有限公司
地　址／台北縣泰山鄉楓江路 86 巷 21 號
電　話／(02)29007288
承印者／國順文具印刷行
裝　訂／源太裝訂實業有限公司
排版者／千兵企業有限公司
初版1刷／2003 年（民 92 年） 6 月

~~定　價／300 元~~
特　價／230 元

一億人閱讀的暢銷書！

4 ～ 26 集　定價300元　特價230元

4.大金塊　5.青銅怪人　6.地底魔術王　7.透明怪人　8.怪人四十面相　9.宇宙怪人

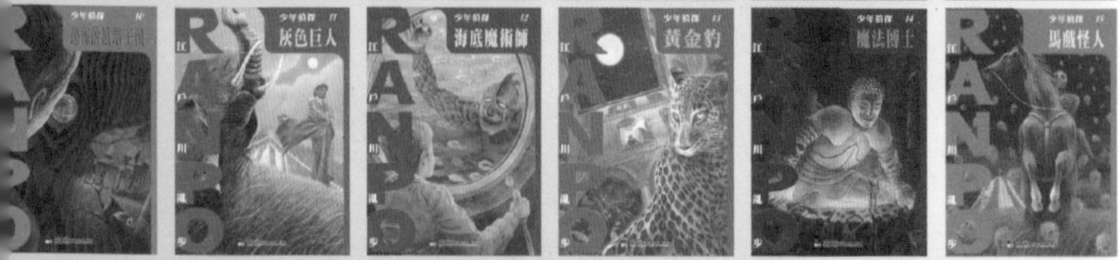

恐怖的鐵塔王國　11.灰色巨人　12.海底魔術師　13.黃金豹　14.魔法博士　15.馬戲怪人

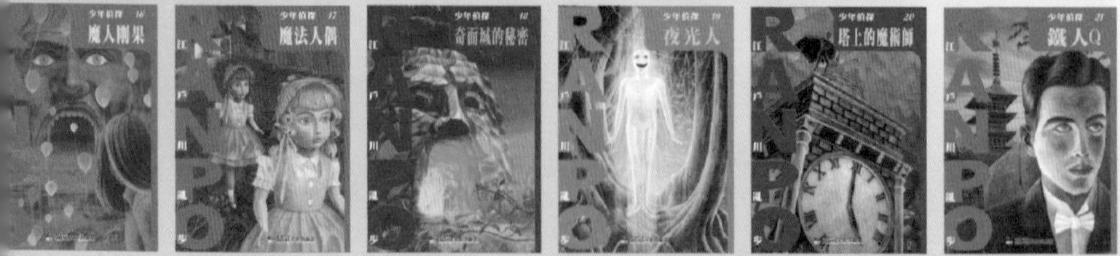

6.魔人剛果　17.魔法人偶　18.奇面城的秘密　19.夜光人　20.塔上的魔術師　21.鐵人Q

2.假面恐怖王　23.電人M　24.二十面相的詛咒　25.飛天二十面相　26.黃金怪獸

品冠文化出版社

地址：臺北市北投區
致遠一路二段十二巷一號
電話：〈02〉28233123
郵政劃撥：19346241